普里什文

В краю непуганных птиц

飞鸟不惊的地方

[俄罗斯] 普里什文 著

石国雄 译

愿你感受到大自然的野性和呼吸

人类自进入农耕社会至今，社会经济的发展已跟过去有了极大的不同，全球人口的快速增长、经济全球化、科学技术的飞速发展、全球气候变化，都对人类和大自然产生了很大的影响。而就科学技术的发展及其对社会的影响、人口和粮食安全、环境和可持续发展等话题，每年都会引发全世界范围内的会议讨论。大家更乐于接受这样的观点，科学技术的发展对我们社会的影响是正面的，但同时我们往往忽略了其负面的影响；人类的活动对我们赖以生存的地球产生了极大的影响，如全球气候变暖、生物种类急剧减少等等。其实，伟人恩格斯早就警告过人类："……我们不要过分陶醉于我们对自然界的胜利。对于每一次这样的胜利，自然界都报复了我们。"

我自己是学习植物学的，在我所在的学科领域，分子生物学和生物技术已经可以实现对特定基因的剪辑和编写，但是这并不就意味着，大自然已被人类部分地征服。未来人类有可能利用基因和合成生物学技术创造出全新的物种，但依然改变不了物质世界的基本规律。出于专业原因，很多时候我会从科学的角度对自然和生命进行探索和审视。但同时我也意识到，随着社会的发展和科技的进步，我们也需要从人文和社会的角度来思考今后的人类文明。随着科学技术的发展，面对人类无休止的欲望，要求我们重新审视人类世界和自然的关系：人类是自然的主人还是自然的一分子？当然也可以进而思考，人类是自己的主人还是欲望和野心的附庸？

燕园的清晨,有着和墙外截然不同的宁静。当你漫步在校园,仰首皆绿树,听着潺潺流水声,阳光自自然然地洒落,在水面上绿叶间明灭,晨光辉映。在这样的环境中,心会变得柔软而丰盈。或许这时,你可以静下心来,去思考一下上面提出的种种问题。我本人由于担任联合国教科文组织人与生物圈中国国家委员会主席,使我每年有机会到我国一些已加入世界保护区网络的自然保护区参加考察或评估,实地了解当地生态环境和生物多样性保护的状况、人类活动的影响,并深入当地居民家中听取他们的意见和建议。这些实地得到的资料,对于思考人与自然的和谐的相关问题非常有用。而对于一时还没有机会到那更大更深的自然中去、飞去那原始的丛林或者无垠的天际而向往大自然的朋友,在人称"世界生态文学和大自然文学的先驱"的俄罗斯作家普里什文的美妙的文字中即可找到那精巧而变幻无穷的世界。

米哈伊尔·米哈伊洛维奇·普里什文(1873—1954)被誉为"伟大的牧神""完整的大艺术家""俄罗斯语言百草"。他出生于一个破败的商人、地主家庭,童年时代在接近自然世界的乡村度过,大学毕业之后从事农艺,随后弃农从文,专事写作。普里什文一生都在旅行,对大自然一往情深,并具备丰富的生物学知识,善于将对人、对自然、对万物的爱与善化为诗意,并结合哲理写成有机统一的散文。他提出一些超前环保理念的著作,比公认的现代生态文学经典《寂静的春天》早了10年。

普里什文似乎是个多面手:有时像一个探险家,背起行囊就敢只身闯入那最纵深的丛林和最广阔的大海;有时又像一个摄影家,拿起挂在脖子上的相机记录罕见的珍禽或是划过天际的飞虹;有时像一个民俗学家,悉心观察着少数民族的原始风貌和偏远部落的风土人情;当然他并没有忘记自己是一个文学家,虽然路途颠簸墨水洒了一半,依然记得将所见所闻记录在纸端。

从北京大学出版社出版的这套普里什文作品选,我们可以看到作者探索大自然中所显现的勇敢和冒险精神、极其仔细的观察态度和认真的记录习惯,见到在《大自然的日历》《飞鸟不惊的地方》《林中水滴》《有阳光的夜晚》《亚当与夏娃》这些书里所展现的奇妙世界。在作者的笔下,静谧的丛林和精灵般的小动物,汹涌的大海和巨怪般的大海兽,群星闪烁的夜空和漫无边际的原野,灵巧的飞鸟和咸腥的海风,奔涌的瀑布和沉静的圆月,淳朴可爱、不谙世事的边远部落和谨慎小心、保持距离的文明族群,甚至还有作者在中国边民居住地驯养梅花鹿和种植人参的故事,等等。这是一个现代都市人完全陌生的世界,在那里人与自然是零距离的。你可以感受到自然的每一丝呼吸,自然也可以看到你的每一个毛孔。如作者在《大自然的日历》中所写:"只要是我见到的各种小事,我都记录下来。今天这是小事,到了明天将它与其他新的小事作对比,就会得到地球运动的写照。"他用出众的文笔,展现大自然的种种细节和自己的联想:"昨天蚂蚁窝的生活热气腾腾,今天蚂蚁就潜藏到自己王国的深处,我们就在林中蚂蚁堆上休息,犹如坐在美国式的安乐椅里。昨天夜里我们坐着雪橇沿湖边行驶,听到了从未结冰的一边传来的天鹅间的絮语。在严寒空荒的寂静中,我们觉得天鹅仿佛是某种理性的动物,它们似乎在开某种非常严肃的会议。今天天鹅飞走了,我们猜到了它们开会的内容——议论飞离的事。我们转动着的地球围绕着太阳漫游,我记下了随之产生的成千上万件动人的细节:结满冰针的黑乎乎的湖水拍击结了冰的湖岸发出的声音;晴天浮动的冰块闪闪发亮;年轻的海鸥上了当,把小冰块当做鱼捉;有一天夜里万籁俱寂,湖水发出的喧哗也完全停止了,只有在死一般沉寂的平原上空电话线发出嗡嗡声，而昨天在那里却沸腾着复杂的生活。"童话般的神奇，令人向往！

　　当然，我们在普里什文笔下看到的也并不是完全和谐无忧的自然，自然看到的人类也不是完美无缺的物种。我们看到的是一个真实而残缺的自然，里面住着小小的一群人类：这里有弱肉强食，这里有自然灾害，这里也有不幸人祸。也正因为这样的一种真实和完整，让我们可以对照百余年前的人与自然，反思当下的人与自然。

　　这样小小的五本书也许并不足以让我们看透整个人类与自然。但至少，我们能够从中发现一个未曾经历甚至或许已经不复存在的远方，兴许还能像他那样停下脚步，与自然互相感受对方最细微的呼吸：

　　也许，包围着我的整个大自然——是个梦？……它无处不在：在林中、在河里、在田间，在群星中，在朝霞和晚霞里，所有这一切——只是某个人睡觉时所梦。在这个梦里，我似乎总是一个人出门上路。但这个巨大的存在在睡眠时所梦的，并非坟墓的那种冰冷的梦，她像我的母亲那样睡眠。她睡着，并听着我的动静。

　　良好的生态环境是社会经济可持续发展的重要条件，也是人类生存和发展的重要基础。我希望更多的人，尤其是青年人，走进自然、贴近自然，去倾听自然的呼唤，培养热爱自然的真正感情，尊重自然、应顺自然、保护自然！

写于燕园
2017年5月25日

目 录

飞鸟不惊的地方

在小岗上　3
引言　从彼得堡到波韦涅茨　7
森林、水和石头　27
哭丧女人　46
捕鱼人　73
壮士歌歌手　92
森林猎人　112
巫师　133
驱邪咒　143
维格荒原　147
隐秘教派教徒　181

黝黑的阿拉伯人

长耳朵　199
花斑马　211
草原上善变的精怪　218
雄鹰　224
狼和羊　228
黝黑的阿拉伯人　234

飞鸟不惊的地方

（维格地区的随笔）

在小岗上

（代序）

　　除了苔藓还是苔藓，还有许多小草丘、小湖泊、小水洼。靴子里都是水，就像旧水泵那样，发出咔嚓咔嚓的响声，我没有力气从泥泞中把它们拔出来。

　　"等一下，马努伊洛，我走不动了，不行了。到树林还远吗？"

　　"现在不远了，瞧那树林，你透过干枯的松林望去，看见了吗？瞧那里有一棵发黑的松树，是被雷打的。那里就是树林。"

　　前面有一棵小树，它不高，比马努伊洛还低，在所有长满苔藓的沼泽地上树木都比马努伊洛低，他显得很高大。

　　我们很累，停了下来。莱卡狗也疲乏了，一下子就躺在地上，吃力地呼吸着，吐出了舌头。

　　"就这样一辈子，"马努伊洛说，"在苔藓地上和树林里走了一辈子。走啊，走啊，就倒在潮湿的地上睡着了。可怜的狗跑过来，吠叫着，它以为我死了。而我躺了一会儿，又走起来了。从长满苔藓的沼泽地走到树林,从树林走到长满苔藓的沼泽地,从小丘走到低地,从低地走到小丘。我们就这样生活。好了,我们走吧。太阳下山了……"

水泵似的靴子又发出咔嚓咔嚓的响声。迎接我们的树林先是小枞树,后来是大一些的枞树,最后是高大的松树从四面八方包围了我们。树林里暗下来了,虽然北方的夏夜很短,但是还是应该睡觉。又冷又湿。我们就摇晃一棵枯树,它发出断裂声倒下了,然后我们又摇第二棵,第三棵。然后我们把它们拖到小丘上,放在一起。在树的中间点燃了枯枝。篝火燃旺了。松树黑乎乎的树干围绕着我们,微微摆动着树梢,仿佛在窃窃私语,为客人的到来而暗自高兴。马努伊洛剥下了被打死的松鼠的皮,把肉喂给狗吃,还对它嘀咕着什么。

"你得给自己买条狗,"他对我说,"没有狗不行。"

"我要它来干什么,我住在城里。"

"有了狗会快活一些,你可以一边给它面包吃,一边跟它说话。"

他一边用宽大粗糙的手掌抚摸着自己的狗,一边使它富有弹性的灵敏的耳朵垂下来。

"好,睡吧。野兽来,狗会听见的,我们就会醒来。把猎枪靠近身边。这里没有蛇,地上很干燥,放心睡吧。你要是醒来看见中间烧光了,就移动一下树木再睡。放心睡吧,地上很干燥。"

我梦见了一个飞鸟不惊的地方。北胡夏夜的太阳①红红的,没有神采,不闪耀,但是发光,白鸟成排地栖息在黑色的岩石上,望着水面。一切都凝固在水晶般的透明中,只有在远处银色的羽翼闪烁着……突然红色的火花可怕地飞溅开来,火焰直窜,哔剥作响……

"有野兽!马努伊洛,快起来,有熊,有野兽!快!快!"

"有野兽?野兽在哪儿?"

"有哔剥声……"

"这是树木在篝火中发出的爆裂声。该移动一下。你放心睡吧,野兽不会碰我们的。上帝替人征服了它们。你怎么睡不着,地上很干燥。"

我惊觉起来……上面,在篝火旁最近的一棵松树上,有什么东西在乱动。

"是鸟在动。真的,沙鸡飞来了。你瞧,它不害怕呢!……"

他看了我一眼,意味深长地,几乎是神秘地说:

"在我们的树林里有很多这样的鸟,它们根本不知道人是什么。"

"飞鸟不惊?"

"不会受惊,有许多这样的鸟,有这样的鸟……"

我们又入睡了。我又梦见了飞鸟不惊的地方。但是有人,好像是城里人,穿得很好,小个子,与马努伊洛在争论。

"没有这样的鸟。"

---

① 北极夏天太阳不落。——原注

"有的,有的。"马努伊洛平心静气地重复说。

"就是没有,没有,"小个子不服气地说,"在童话中也许才有这种鸟,那也是很久以前,实际上就根本没有,是杜撰,是童话……"

"瞧,也许你去跟他说吧,"高大的马努伊洛向我抱怨说,"我们那里这种鸟多得不得了,非常多,而他却说没有。这种鸟是肯定有的。在我们的树林里不可能没有!"

☆ ☆ ☆ ☆

"喂,起来吧,起来吧,太阳出来了。瞧你也够暖和了吧。起来吧!现在太阳还没有把露水赶走,鸟还乖乖地待着……"

我起来了。我们踩灭篝火,背上猎枪,从小岗向低处走去,走向小树林,沼泽地。

引言　从彼得堡到波韦涅茨

在开始叙述去"飞鸟不惊的地方"旅行之前，我想说明一下，为什么我想起来要离开我国理性生活的中心到荒凉偏僻的地方去，那里的人只是以打猎捕鱼为生，相信巫师、林妖和水怪，靠在勉强可辨的小径上步行进行联络，用松明来照明，总之，他们几乎还过着原始的生活。为了使自己能为别人所理解，我要从先前的事讲起：讲讲我从柏林得到的一个印象。

众所周知，柏林的四周围绕着铁路，在德国首都，铁路沿线生活的人们不得不经常乘车，观察窗外街上的生活。我记得，在大楼和工厂之间，到处可见亭子式的小屋，使我感到惊讶：在楼房高大的石墙之间，在几乎是柏林市中心工厂的迷漫烟雾中，看见一些耕种者真。我很想知道，这究竟是怎么回事。记得有一位先生就在车厢里，宽容地朝这些耕种者微笑着，犹如大人望着孩子微笑那样。他讲了以下情况：在首都的大楼之间总还留着一些没有盖上房子、没有变成柏油路和石头路的小块地。几乎每一个柏林的工人都有一种不可遏制的愿望，想要租赁这小块地皮，为的是先在那里盖好房屋，然后每逢星期天就在那里种土豆。这样做当然并非出于有利可图的考虑，从这些可笑的菜园子里还能收许多蔬菜吗？这是工人的别墅，是"工人殖民地"①。秋天收获土豆时，工人就在自己菜园子里摆上"土豆宴"②，这种情况下最后一定要以"火炬游行"而告终。

这些柏林的别墅客就是这样来疗愈自己心灵的。别墅的意义在于，它建立了与大自然的联系，以此来恢复被城市夺去的精力。但是这几乎只是一种理想。那些夏天住到城郊的小职员比别墅客的情况稍好些。现在读者会理解我，我有两个月的自由时间，之所以会想出这种方式来排解心灵，是不想对包围我的大自然留下一丝怀疑的阴影，是想表示人们自己——作为大自然最危险的敌人——与城市没有丝毫共同之处，几乎不了解它，却与大自然一点儿也没有生分。

在哪里可以找到这样的飞鸟不惊的地方？当然是在北方，在阿尔汉格尔斯克或是奥洛涅茨省，那里离彼得堡最近，尚未受到文明的侵袭。我没有把自己的时间用在充分意义上的"旅行"上，也就是在这个辽阔的空间从一处游到另一处。我觉得，在随便什么地方找个典型的角落住上一阵，研究这一隅，使自己对这整个地区有个比较正确的概念，这比真正的旅行要有益得多。

---

① 原文为 Kartoffelfest。——译注
② 原文为 Fackelzug。——译注

根据经验我知道，在我们国家现在已经没有这样的飞鸟不惊的没有警察的地方。这就是为什么我准备了一份科学院和省长出具的公函：我是为了搜集民族学方面的资料才来的。我记下了童话、壮士歌、民歌、寓言，我也真的做了些有益的事，同时也因为这一美好的饶有兴趣的工作，相当长时间里我在精神上得到了休息。所有我觉得有意思的东西，我都拍了照片。现在我拥有这些材料，回彼得堡后我就决定要写一系列篇幅不长的随笔。如果不能描绘这个地区的全部景象，也能通过照片的色彩奉上一幅补充的图像。

☆ ☆ ☆ ☆

忙碌的彼得堡人对首都那些纪念俄罗斯的改革者的地方少有兴趣。千千万万的人每天都经过具有伟大历史意义的纪念碑，他们一辈子都经过这里赶着去上工、上班等，却对这些纪念碑全然不予理会，甚至都不好意思细细察看，因为周围的人都在赶着去做事。只有外国人或外省人才需要那样做。

但是您现在到城外去。起先是楼房消失了，留下的只是林立的工厂烟囱。后来烟囱、房子、别墅也不见了，后面留下的只是灰色的斑点。这时就会开始谈彼得大帝的事情。有人指着涅瓦河上一棵半枯的树说，这是"红松"，彼得大帝似乎曾经爬上过去这里的一棵树，观望战斗[①]……而他周围是拉多加湖

---

① 这里提及的是 1702 年 10 月 11 日攻克诺特堡（施利谢利堡），彼得一世指挥。——原注

和运河的开端。现在有人说，彼得大帝用这条小沟来惩治不驯的湖泊①……这里可以看到小岛上的白色城堡施利谢利堡……好像就是在这里想起彼得的事迹并且总是思考起祖国的命运来：诺夫戈罗德人建起的城堡叫奥列舍克，后来转到了瑞典人手里，就被称作诺特堡。1702年著名的战役之后，俄罗斯人重又得到了城堡，就叫作施利谢利堡，用彼得的话来说，这是打开通向欧洲的大门的钥匙。

但是大家在望着这白色城堡时，不知为什么都沉默不言：无论是神父、中学生，还是小姐和拿着照相机的先生，都不说话。

"唉——上帝啊！……"神父喃喃着。

在对彼得的光辉业绩轻松愉快的回忆中，仿佛有一些虚弱苍白的幻影出现在思绪中……

越是往前走，彼得大帝到过这些地方的各种纪念场所也越多。这里根本不可能把所有民间的传说都写出来，也无法指出所有的纪念地。这种传说和纪念地不胜枚举。你都不知道该从何说起，怎么把它们联系起来。这需要历史学家来做这种事。必须要填补我国文学的这一空白。

☆　☆　☆　☆

太阳沉到拉多加湖里去了，但是天色丝毫没有因此而变暗。你简直无法相信，太阳已经落山了，不如说太阳"西下"

---

① 这里指的是沿着拉多加湖南岸的通航运河，是1719年彼得一世倡议开始建设的。——原注

来得更合适。仿佛它隐匿在水平面后面，躲藏在那里，就像鸵鸟把头埋在沙子里躲避猎人一样。天色仍像原来那么明亮，但是渐渐地一切都变得模糊不清起来。

这藏匿的太阳照亮的橙黄的烟霭变得混沌了……这不是烟霭，这是伸向远方、伸向天际的又长又宽的路。轮船开过留下的水面上的波痕变模糊了，但是不知为什么它没有消逝，还在继续扩大，向远处已经消失的岸边延伸。所有这些望着水面、望着通向天际的路的沉默的人们也显得朦胧不清了……这不是上校、神父、小姐和中学生，而是神秘而深沉的活的东西。

微波——"涟漪"——荡漾。轮船没有感觉到它，但是湖上的小船"单桅货船"微微摇晃着。"近海帆船"——像画上那样张着帆的芬兰船也轻轻摆动着。远处可以看到一个白色的斑点。这是灯塔还是通向拉多加彼岸上的教堂，或是哪一条大船上的帆？斑点消失了，但很快就出现了灯塔，而在红彤彤的天空映衬下显出了装得满满的古老的大船"平底帆货船"的轮廓。

☆ ☆ ☆ ☆

我不记得，这是哪位旅行家说的，当您坐上俄罗斯的轮船时要小心，要仔细地检查一下，船舱是否漏水，过去这轮船有没有出过什么事故，比如船底有没有脱落过等。所有这些预防措施我都采用了。我们乘坐的是条新轮船"巴维尔"号，它已经完成了彼得堡到彼得罗扎沃茨克–波韦涅茨的第一次航行。它是英国造的，甚至轮船主协会本身也是按照英国的方式建立的。

"哪里呀！"协会成员之一，彼得罗扎沃茨克的一个圆墩墩的商人说，"哪里呀！在英国连仆人协会也有自己的轮船，可我们俄国的商人却不能购置自己的轮船来运货。"

我不知道，俄罗斯过去是否有过这样的协会。协会把中小商人联合起来，要成为协会成员，大概要交二百卢布的股金，但是只能由自己的轮船来运载自己的货物。那是一个富有青春活力、朝气蓬勃的时代，充满了玫瑰色的希望……在国家杜马经常传出闻所未闻的意见。

"您知道，"新的斗士们急于说，"现在难道是袖手旁观的时代吗？……我们奥涅戈沿岸有这样一些上帝的侍者。他们待在那里，谁也不想认识。无论什么地方，总认为自己那里是神圣的……真是自尊啊！我要说，他们出于自尊连报纸都不看，简直是太自尊了！"

这些商人为新时代开辟的新的前程、广阔的天地所振奋。他们随着轮船第一次航行，使自己都成了真正的水手。有一个人钻到了机器里，出来的时候额上沾满黑油斑，还用手帕擦着衣服上的机油迹，另一个则干预了船长的工作。但是绝大多数聚在船尾记节数的仪表旁。

"这不可能！六十节！一个小时三十俄里！"

节、秒、航向……从大腹便便的这些水手口中不时落出这些术语。有一个人手中甚至还拿着罗盘……

关键是要赶上属于老协会的"斯维里"号轮船。"巴维尔"号轮船一小时行驶的节数比"斯维里"号要多，应该在拉多加湖上赶过它。关于这一点，甚至在发售船票时就对公众说了。这就是为什么他们要计算节数，要看远方：那里有没有"斯维里"号冒出的烟雾。

烟雾出现了！越来越多！烟囱也看得见了。节数，秒数，航向——全都置之脑后了。再过半个小时，在拉多加湖上欧洲人——商人就要准备庆祝胜利了。

突然机器中什么东西嘎吱嘎吱响了起来，发出噼啪的断裂声，烟从那里涌向甲板。大家忙乱起来：旅客、真水手、大腹便便的水手。有人把消防水管的管口对准机器。

过了一小时一切总算顺利告终。轮船重又行驶，但是永远告别了赶过"维斯里"号的想法。

"没关系，没关系，"主人们忧虑地自我安慰着，"机器是新的，总要磨合磨合……"

现在，在我写这些事的时候，这个协会的两条轮船"巴维尔"号和"彼得"号就凄凉地停在涅瓦河上，没有了锅炉，也没有了轮子，两条船都出了事故：一条在斯维里的石滩上，另一条在奥涅戈湖上。整个夏季它们就做了一次或两次航行。

"他们怎能行呢，""自尊"的商人们得意扬扬地说，"他们凑在一起的全是小老板。再说，难道能把这么大的轮船放到我们的河上湖上开吗？而且引航员也很差劲。"

我不知道，现在老的轮船公司有没有提高票价。新公司本来几乎使它降低了一半。

☆ ☆ ☆ ☆

刚刚把事故对付过去，船又开始摇晃起来，越是向前行驶，摇晃得就越厉害。一位起先若有所思的小姐从座位上站了起来，走向船舷。后来母亲抱着的小女孩病了，说："妈妈，这是有轨马车摇晃吗？"最后，上校老头到船舷那儿去了一趟，回来后仿佛是为自己作解释似的说："上千次发誓过不在这该死的湖上乘船！"他显得特别尴尬，因为他刚刚在讲，他怎么带着猎矛猎熊。不论那里发生了什么，当终于出现了斯维里河宽阔的河口时，大家都很高兴。

斯维里河首先是运送木材、面粉的地方。它是把彼得堡与伏尔加流域联系起来的马林斯克水系众多河口中的一个。我说到这一点并非是要写有关工业问题的特写，而仅仅是想指出，这里的交易生活对一切都打上了深深的烙印。比如，就拿这个交易大村来说，它有许多开了许多窗的大木屋。这当然是好的，但是为什么在这些舒适明亮的木屋旁没有小花园、树木、菜园子，没有什么显示出在自己住地操劳的迹象呢？如果倾听一下特维尔的一个保姆和顺加来的奥隆人的话，这就好懂了。这个保姆是随老爷坐船的，像我一样对这些屋子里的景观感到不满。

"老爷干吗老是外出？"她说，把非重读元音"o"仍读作[o]，而且口音很重。"你们的庄园、菜园在什么地方？耕地在什么地方？篱笆怎么歪了？"

奥隆人讲话也把非重读元音"o"读成[o]，但是，我觉得，与特维尔省出生的保姆相比，他的口音没有那么重。他说，斜篱笆比较牢固，而在这里挖菜园子不上算，这里有其他的副业。据他说，引航员一个夏天可挣到三百卢布，而在这里连一棵白菜也挣不到。

但是保姆有自己的逻辑，"女人的逻辑"，因此她打断了奥隆人很有理智的话。

"可我们那里到处可见宅园、菜园，田野像桌布似的伸展十五俄里左右，篱笆是直的。这是什么！"她指着岸，轻蔑地叫喊起来，"灌木、坑洼、小丘、石头……"

河岸确实看起来有点令人不快。过去大概很好，因为那时河岸上有古老的森林。现在这里也到处有树林，只不过你听到"树林"这个词的时候是带形容词的：锯过的、建筑用的、高而直的、劈柴用的等等。拖轮载着这些木材，码头上堆满了这些木材，人们谈论的是这些木材，生意人围着转的也是这些木材。围绕着木材、驳船等的整个生活在某种程度上好像不是本身的生活：这一切都是与彼得堡相关的。这里的人们有点像美国人那样，比如说，一个年轻人穿着时髦的彼得堡缝制的大衣，完全像个有教养的人。他像旅途上常常可见到的那种俄国人一样，乐于讲自己的经历。他出生于斯维里河岸上，是种地的农民的儿子。小时候有一次病得很重。父母为了救他的命，在圣像前点起蜡烛，跪下来祈求："请赐他康复，神圣的上帝的侍者！"反过来，他们也立即向上帝的侍者保证，要把儿子送到索洛韦茨基修道院一年。上帝的侍者帮了忙，因此，在男孩成为十八岁的青年时，他们就打发他去索洛韦茨基修道院做一年修士还愿。他怀着巨大的宗教热情去了，但是在那里他的这种热情完全冷了下来。修道院的生活几乎和尘世一样，甚至更糟。"那里有各种各样的罪孽，烟要卖到五十戈比一包。"回家以后他想"好好生活"。可是在斯维里耕地的农民能有什么样的生活：砍树，用斜钩搬石块，用原始的木犁"耕地"，播种黑麦、谷类、萝卜，甚至都不指望靠这些来养活自己一年。年轻人就去了彼得堡，企望找到幸福。他干过各种活儿，最后成了裁缝，现在穿得漂漂亮亮地回到家乡来，要给大家缝制彼得堡人穿的那样的衣服。

在这里我不想描写波德波罗日耶、米亚图索沃、瓦日内这些贸易大村，甚至也不想写斯维里石滩的事，因为它们又只是与驳船相关，表面上看它们并不引人注目。斯维里河跟别的河流不同的是它的水流湍急，还有"漩涡"等。在它的河岸上最后一个村子沃兹涅谢尼耶旁边开始流淌着一条围着奥涅加湖的运河或是水渠，其景色与拉多加湖附近的河流完全是一样的。

☆ ☆ ☆ ☆

波涛滚滚的奥涅加湖很少有完全风平浪静的时候，但是我们这次行驶在湖上时，湖面上却一丝波纹也没有，它显得非常美丽。大而厚实的云朵凝视着宁静清澈的湖水，或是在苍翠的树木参差不齐的湖岸上投下紫色的阴影。一个个小岛仿佛升起在水面上空，悬垂在空中，这使人觉得这里是非常安宁暖和的天气。

当地居民称奥涅加湖很简单，也很美，就叫它"奥涅戈"，就像古代称拉多加湖为"涅沃"一样。遗憾的是这些民间的美好名称被官方的名称磨灭了。我在彼得罗扎沃茨克有幸认识一位年轻的历史学家,他是这里出生的,非常热爱故乡,对这一点也感到愤慨。他对我说,行政当局就这样消灭了很多民间美好的名称,这不是小事。如果要了解当地的民间诗歌、哀诉曲、歌曲、宗教信仰,这一点特别明显。在民间诗歌中经常会提到这"可怕的奥涅戈可怕得不得了",有时甚至称"奥涅古什卡"……谁不太了解在这个"光荣伟大的奥涅戈"岸上还保留下来的民间诗歌,谁就会叫它"奥涅加湖",喏……例如,就像皮萨列夫很笨拙地用父称来称呼普希金笔下的塔吉亚娜……在老百姓的概念里奥涅戈已经不是湖,而是海。它那陡峭的湖岸很可怕,它岸边的峭壁有时是光秃秃的,形状怪异,有时有参差不齐的针叶林装扮着。在这些岸上至今还生活着壮士歌的歌手,哭丧的女人。那里气势恢宏的基瓦奇、波尔波尔、吉尔瓦斯瀑布哗哗流泻不息。总之诗歌中到处都有奥涅戈,哪个诗人没有歌颂它是很偶然的。"很遗憾,普希金没有到过那里。"有一位爱故乡的人对我说。

后来,我阅读了《省志》《奥隆文集》《奥隆省记事手册》,我特别明确地感到对奥涅戈的艺术描写很不够。热爱奥涅戈的各种各样地方文人各自对它有过许多描写,但是有点过分溢满感情。我记得,有一位在描写基瓦奇瀑布时,照例提到杰尔查文的诗句"似山一般垂降,似钻石般飞溅",然后热情洋溢地赞叹道:"你不知道是什么使人感到惊讶——是对瀑布的绝妙美景,还是对前奥隆省长那字字如钻石的绝妙佳句。"

当地人的奥涅戈就是这样的。官方的奥涅加湖则完全是另一回事。这不过是一个水体，在地图上形似一只大河虾，右螯大，左螯小。这个水体比拉多加湖小得多（拉多加湖有16922平方俄里，奥涅加湖是8569平方俄里）并通过斯维里河流入其中。在两螯之间的北方还有一个被许多湾口切割的大岛外奥涅加。如果从尾巴向头部看这虾，在它的左岸就坐落着奥隆省的城市彼得罗扎沃茨克，而离右岸不远则是普多日，维捷格拉，在右螯最北角是波韦涅茨，那里是"全世界的一端"，我的路就通向那里。

☆ ☆ ☆ ☆

迎接着每一艘轮船的密密麻麻的人群是一座活的民族学博物馆。它将思绪带到了遥远的开拓这一地区时的年代。确实，在这人群中一定有现时代的代表：警察，彼得罗扎沃茨克神学校的学生，有时有大学生，乡村女教师，但是他们渐渐在消失。聚集在这里的大多数人当然是来自附近乡村的，他们不过是好奇地看看过往的旅客。对于他们来说，这大概比我们对讲座、看戏、旅行的兴趣更大。这也表现在年轻人的外表上。对轮船上的女士进行简单观察的最初结果便是出现了不合身的女短上衣和绦带。而后来，你瞧，出现了女裁缝，渐渐地她让大家都穿上了像彼得堡人那样的衣服。但是在时尚的现代人们中间也可以看到来自穷乡僻壤的完全是灰不溜秋的人们。他们乘坐的又是什么呀！首先使人们惊讶的是夏天用雪橇，就是平常的雪橇。显然，它们的主人是从某个荒僻的地方来的，那里根本不可能有带轮子的马车。不过，这里也停着有轮子的马车，但是这算什么轮子啊！这不过是又粗又大的一段木头，有时甚至不大圆……根本就没有带辐条和轮胎的轮子，因为这样的轮子在石子路上很快就会扎破的，还因为轮子很贵。所有的人都带有一种愚昧平庸的样子，具有某种小家子气的令人别扭的东西，但有一双明亮的眼睛，显然，这是白眼白的楚德人的后裔。但是他们中间也能碰到相貌堂堂的人，只要给他穿上好衣服，那就会是一个真正的萨特阔①，一个富裕的贵宾。

这两种人差别很大，这种对照非常显眼，一瞬间都会把人群置之脑后，而从石岸上望着轮船的是历史的眼睛。

这些地方有许多瞭望台和其他各种古迹，纪念诺夫戈罗德的斯拉夫人与芬兰民族即"白眼白的楚德人"浴血奋战。11世纪以诺夫戈罗德人的胜利而告终。后来一切就像通常那样发展。诺夫戈罗德的显贵们在这里得到了土地、森林、河流、湖泊，他们又把一批彪勇的好汉派到这里来管理自己的领地和副业。所有这些土地占据了拉多加湖、奥涅加湖和白海之间的大片面积，构成了大诺夫戈罗德的奥博涅加区……这个荒野的奥博涅加林国在当时盛产毛皮，货源不绝。

那时土著居民真正是些野蛮的人，他们住在地下的洞穴中，吃的是鱼和鸟。据历史学家证明，他们相信的是"谁给他们吃饱肚皮，就把谁当上帝"，有时用石头打死了野兽，就崇

---

① 诺夫戈罗德壮士歌中的主人公。——译注

拜石头，有时用槌打死了捉到的东西，就奉槌为神。这是在1227年斯维亚托波尔克大公在这里推行基督教，与此同时诺夫戈罗德的手艺人到这里来时也起了传播作用。但是在这件事上付出了特别多心血的是那些苦行修士，所有奥博涅什耶的人都怀着极大的虔诚把这些无私的修士当作圣人一样来尊奉。这些修士是科尔尼利·帕列奥斯特罗夫斯基、亚历山大·斯维尔斯基、格尔曼·佐西马和萨瓦季·索洛韦茨基。

☆ ☆ ☆ ☆

这里我想起的正是这些圣人，因为他们所建的修道院（亚历山德罗-斯维尔斯基、帕列奥斯特罗夫斯基，就在同名的岛上，还有索洛韦茨基）至今还吸引着大量祷告者。我们所知晓的有关这些最早的基督徒的一切都说明，他们是些惊人地纯洁的和好心的人，为该地区做了大量好事。他们的生平事迹鼓舞了后来追随他们的该地区的移民——分裂派教徒。这些人中有许多人完全接近于最早的基督教徒的生活。直到现在，在阿尔汉格尔省的一些荒僻的地方还有些长老，他们的生活理想就是这些圣人的生活方式。

就这样，部分靠武力，部分靠这些长老的功绩，芬兰部族渐渐地接受了洗礼并与斯拉夫人和平相处。在瑞典人征伐时，卡累利阿人一会儿站在瑞典一边，一会儿站在俄国人一边。而现在芬兰族人，特别是卡累利阿人，与俄国人相处融洽，只有根据少数具有鲜明特征的代表才能把他们区分开来。

在奥涅加湖上有几座古老的修道院。这里还有祈祷者去索洛韦茨基修道院的路。在湖岸上至今还存在着官方的东正教与其浓缩的形式——分裂派①的斗争。最后,这里在受宗教影响的人们和修道院之间经常可以看到中间人。这一切给奥涅加湖上的航行打上了某种独特的朝圣色彩。神圣的奥博涅加苦行修士的影子仿佛还活着并在这个湖上徘徊。他们之所以还在徘徊,是因为他们的事已经做完了,在石头洞穴里已经没有多神教徒芬兰人了。现在在奥涅加湖上出现了另一些多神教徒,比起用槌和投石器武装起来的芬兰部族来,他们是无可比拟的顽强和强大。长老们本来应该像别的地方的长老那样对他们弃之不理,因为对这些人花工夫完全是徒劳!但是长老们出奇地执着,继续对所有过往的人进行说教,甚至对最顽固不化的多神教徒也是这样。

例如,在拉多加湖上一直不停地吃鲑鱼、鱼子酱和鲜血淋漓的牛排的船长,为什么现在在船长室与一位受人尊敬的先生争论宗教——哲学问题呢?他从上面的甲板上望着祈祷者,证明着所有这一切都是微不足道和愚蠢不堪的,他不想理解受过高等教育的人也可能会对这样荒诞无稽的东西感兴趣。为什么会碰上这样的事:就是在奥涅加湖上上校讲的,有一次他的狗在树林里把一个修道士逼得爬上了一棵高大的松树,而这时却从他的口袋里蹦出两瓶伏特加。一个独眼的修士靠着船舷,微

---

① 1653—1656年大主教尼康进行改革后,从官方教会中分出来的所谓古老信徒派。——原注

笑着，眨巴着独眼对一个女祈祷者低语着什么，为什么带照相机的先生要给他照相？轮船一年到克利门茨基修道院就一次，即使这样还是出于慈善的目的。我根本没有打算来这里，为什么最后还是来到了这荒僻的地方？这是怎么回事：前面我已经说到过的"爱面子的"轮船主们把轮船无偿地给省长使用一天，供他组织人去克利门茨基修道院。这个岛是奥涅加湖上最大的岛，位于外奥涅加半岛的一端。1490年，富裕的诺夫戈罗德行政长官之子约纳·克利门茨基在这尽是石头的不毛之地建起了修道院。原来是风暴在石岛附近击碎了克利门茨基的所有船只，他自己免于一死。这以后约纳·克利门茨基（在俗世名为伊万·克列缅季耶夫）就与外界中断了联系，在岛上住了下来并建起了修道院。现在这个修道院因为在轮船航线之外，也就衰落了。为了多少能给修士们一些帮助，每年便组织一次这样的航行。

　　从彼得罗扎沃茨克到这里一共就几个小时行程。我们从彼得罗扎沃茨克海湾出发，经过包围它的舒伊洼地和没有人烟的伊万诺夫群岛，穿过几乎半个"大奥涅戈"，也就是没有岛屿的宽阔部分，来到了克利门茨基岛。修道士们穿着浅色的法衣，拿着十字架和圣像，由从岛的另一部分来的人群包围着，在岸边迎接我们。后来我们沿着多石的林间小径，每时每刻都磕磕绊绊地在林中走了一两俄里。我们走出树林时，显现在我们面前的景象是单调凄凉的。船只被风暴击碎的地方，十字架在水中歪斜着，到处是石头，有一座石头砌的教堂，一座木教堂。这里有两三个建筑物，背后是针叶林。从外表来看，教堂是最普通的。木教堂建好不久，石教堂则自修道院建成起保留至今。顺便说，石教堂内部的壁画画的是地狱里的鬼怪；约拿自己则合拢双手，在水下祈祷①……做完祈祷后他们又让我们看了林中少得可怜的一点地，牲畜……

几百年来所有在这里的人做了些什么？祈祷和干活吗？但是这世世代代的干活和祈祷留下的哪怕是蛛丝马迹又在哪里呢？这些人的回答是无精打采的，这些人的脸是死气沉沉的……整个仪式就像是从外省某个主人这一年未能到哪儿去而不得不举行的庆祝命名日活动。最后我们被带到修道院的大食堂用餐，在这里我们吃了"鱼肉馅饼"，也就是用鱼肉做馅的饼，这是奥隆人喜爱的食物。我们好歹凑合着说话。必须得知道，这个时候彼得罗扎沃茨克已经传播着一种流言，说修道院不大景气，应该关闭，把它改为女修道院，要挽救一个濒临破产的男修道院通常总是这样做的……在这种情况下，女性总是比男性更坚定顽强。

与我们一起从彼得罗扎沃茨克来的一个神父，在用餐时不时地发表一些让人哭笑不得的评语，把我们都逗乐了。比如，修道院长对我们说，他们有三十六头母牛，二十个修士，这个神父就顺口说：

"多十六头……"

"什么？"修道院长慌乱地问。

---

① 据圣经所说，预示神意者约拿被抛入海里，为鲸鱼所吞，在鲸鱼肚子里祈祷三天三夜。——原注

"是说母牛，院长神父，"神父特别加强了"о"这个音，"我是说，多了十六头母牛。"

修道院长咬了咬嘴唇，只是气乎乎地望了对方一眼。但是神父没有罢休。

"据说，你们在卖母牛，什么价？"

这已经是明显的粗鲁的暗示：要清理修道院。修道院院长马上就打断他说：

"如果您愿意了解我们的事务，我乐意……"

神父因为扫兴甚至连鱼肉馅饼也从手中掉了下来，便连声说了许多"请原谅"。但是等这失态过去之后，他又对修道院文件的命运感起兴趣来。修道院长真是倒霉，他刚刚详细地说明了，文案在一次火灾中都焚毁了，听众中有人就说：

"院长神父，文案安然无恙，都在彼得罗扎沃茨克的伊万·伊万诺维奇那里，完好无损。"

这个时候祈祷者们做了祈祷，安慰了自己有罪的灵魂，当然，丝毫也不怀疑院长神父奥妙的富有策略的话。矗立着小教堂的海湾风光很美。人们在轮船旁的石块上坐成一堆，等候轮船起航。不久我们也加入到他们的队伍中，去彼得罗扎沃茨克。

过了两个月，在归途中有人告诉我，克利门茨基修道院已经改为女修道院……有些人说，修士们似乎无所谓，这事是另一个修道院狡猾的院长插了一手。他同时想兼做克利门茨基女修道院院长。相反，另一些人断言，这事跟这修道院院长不相干，是修士们自己的过错。但是我不来弄清这个复杂的问题，不想打扰圣科尔尼利、佐西马和其他神圣的长老的安宁……

☆ ☆ ☆ ☆

在奥博涅什地区沿途我熟悉了两座城市——彼得罗扎沃茨克和波韦涅茨。怎么来介绍它们呢？指出那里的古迹、商业和工业情况吗？这两座城市这些方面可介绍的不多，而且也没有什么特点。我记得，在我等船而在彼得罗扎沃茨克闲逛时，不知道为什么我觉得，这座洁净的小城市不是在运动，而是静寂不动的。我并不想用这话来得罪小城。它不像我们中央区的外省城市那样沉寂，而似乎有自己的特点。小城里始终是寂静的。假如在这么美丽的湖岸上，山岗间，有密集的人声喧闹着，人们在热烈勤奋地干活，那这寂静就不好了。可是这小城是在静谧的环境中沉寂。只是偶尔有某种沉重的铿锵声、撞击声或是在城市中部的凹地中发出的轰鸣声。凹地中，显然是在亚历山大炮弹工厂，有某种铁的东西落下去的声音。现在想起来，可以说明这座小城的全部意义。实际上，这个小城的整个历史似乎就是围绕着在这里建造和料理这个工厂的一次次失败而成的。这件事是彼得大帝提出来的。过去这里只住着一个从邻村迁来的孤独的磨坊主。这个工厂好像经营不善，关闭了，后来一度变为炼铜工厂，再后来由法国公司来开办，最后是叶卡捷琳娜二世建成了亚历山大炮弹厂，就一直延续至今。在城市中央的凹地耸立着庞大的红色厂房。据说，工厂的事务很糟，至今它之所以还能苟延残喘，是因为政府下不了决心停止这无利可图的工厂生产，因为这个工厂是无辜的，它也丝毫没有破坏总的来说是安宁平静的景象。

古迹当然都与彼得大帝到过这里有关。这里有彼得和巴维尔的木教堂，可以从外面登上教堂顶部。据说，彼得大帝喜欢登上这座教堂欣赏奥涅加湖。

这里也有一个漂亮的公园，彼得在那里亲手种过树，那里也为他建造了宫殿。这里有彼得大帝和亚历山大二世的纪念像，有杰尔查文的纪念馆。当然，也像省城一样，有许多官方的建筑物。另一座城市波韦涅茨已经属于森林、水和石头的地区了。

森林、水和石头

关于波韦涅茨说起来很平常：它是全世界的尽头。但是，正如我说过的那样，于我而言，波韦涅茨只是最令人好奇的世界的开端。

我又向自己提出了同样的问题：如何介绍奥涅加湖北角的小城波韦涅茨？我记得经常萦绕在耳边的铃铛声：这是牛群在小城街上缓慢而行。铃铛的声音向我解释了一切。就像我不想得罪彼得罗扎沃茨克人一样，我也不想得罪波韦涅茨人。早在十六世纪就存在的古老村落后来被称作波韦涅茨城，这并不是他们的过错。如果认为它是村落，那么街上有牛群丝毫也不奇怪。其实，这座"城市"土生土长的居民至今还是从事耕作，在那些小木屋后面紧接着就是他们的田地。另一部分"优秀的"居民住在比较好的屋子里，那是官员们。这就是我能讲的有关波韦涅茨的全部情况。

再往前走是阴森的北方森林那连绵不断的树墙之间的宽

阔道路。马车在到处布满砾石的路上行驶,不时颠簸,或者在杂有卵石的粗粒黄沙地上行进发出嚓嚓声。林中的湖泊,所谓"白色兰比纳"①那明净的水闪闪发光。马车的声音有时吓坏了在晒得很暖的沙地上擦洗身子的一群黑琴鸡。但是母黑琴鸡没有撇下它的孩子们,而是急忙把它们带往林子里去,一路上不时地回头张望。

马车向越来越高的地方驶去,一会向下驶,一会向上驶,在阶地、山岗和山坡间盘绕。无法安宁地行驶,因为牛虻困扰着马匹,使它备受折磨。它们一大群围着我们飞舞,似乎对它们来说前进无需费劲。

在离波韦涅茨十三俄里的地方,即沃洛泽尔村,我们换了马,重新又向上驶。又过了十五俄里,我们斜穿过马谢利格斯基山脊,这是向上驶的最高点,也是波罗的海海域与白海海域的分水线。

从这个地方要是能看得很远就好了,那么就会看到一大片一级级的石头阶地,向后是波罗的海,向前是白海。许多大湖填满了这巨大的双面梯的梯级,通过无数喧闹的河流和瀑布一个流入另一个。后面狭长的带形的多尔吉耶湖通过波文恰卡流入奥涅加湖,水量丰富的奥涅加湖沿着斯维里河流到圆形的拉多尔加湖,古时候它称作涅沃湖,而它又顺着不长的涅瓦河流向波罗的海。前面也有一系列的湖泊:马特科泽罗、捷连金斯

---

① 水色晶莹的湖被称作白色兰比纳,因深暗的沼泽底而水色深暗的湖被称作黑色兰比纳。——原注

科耶、维戈泽罗及许多岛屿。维戈泽罗湖有三个风景如画的瀑布，流向湍急的维格河并通向白海。阶地第一个斜坡脚下是彼得堡，而在另一边则是北冰洋，极地的荒漠。

这些地方的地形图为想象描绘的就是这样的图景。但是普通眼睛也能看到这些，只不过范围比较小。在奇形怪状地连接起来的斜坡间分布着许多湖泊，这一个个湖泊的平面在苍茫的林海间闪闪发光。

"我们有的是森林、水和石头。"车夫说。

人的话消失了。一片寂静！森林、水和石头……

造物主仿佛在这里刚刚说出："把天下的水集中到一个地方，就会出现陆地！"

于是水就流向海洋，而从它下面则露出了石头。

这些地方创造出这样一个卡累利阿的传说：

"最初世界上什么东西都没有。水永远在波涛滚滚，喧嚣不停。这种喧嚣声传到了天上，扰得上帝不得安宁。最后，他大发雷霆，对着波涛大喝一声，它们就变硬了，变成了群山，而一些飞溅的浪花就变成了到处遍布的石头。在变成山的波浪之间的地方则充满了水，这样就构成了大海、湖泊和河流。"

像通常那样，在这个传说中，艺术创作抢在缓慢的科学探索之前。现在科学也证明了，这里起先只有水。在这个地方北冰洋和波罗的海曾经是连在一起的。有一些为数不多的浅滩，像马谢利格斯基山峰一般，从冰川海面上就可以看到。斯堪的纳维亚冰川的巨大冰块在大洋里漂浮，只是在这些浅滩处滞留，也就是在这里融化并留下大量的石头，从山上把它们席卷而下。水中地下力的作用使越来越多的浅滩出现，而冰块在那里留下冰川冲积土的丘岗，这样就形成了这里到处分布的一排排丘陵。在它们之间的低地则充满了水，在石头的空地上长着针叶林，而林中生活着人们，就像生活着各种各样的野兽一样。

☆ ☆ ☆ ☆

"维格地区"的名称在地理学中是不存在的。"北方沿海地区"这一名称包括了它。但是它在各方面都独具一格，因此也应该有一个单独的名称。上（南）维格河从西南方注入维戈泽罗湖，下（北）维格河则从湖的北端流出。维格地区就占据了紧靠维戈泽罗湖岸的所有地区。

如果住在这个地区中心的某个村子里并从那里坐船去南方或北方，那么，我觉得要了解这个地区就更方便了。恰好在维戈泽罗湖两头长的中央，在它无数岛屿中的一个小岛上，有一个小村子卡累利阿岛，我就把它选作我的栖身之地。这个想法受到渔夫老大爷的赞同，在动身去维戈泽罗湖之前我就住在他那儿。

"婆娘们要去卡累利阿岛，她们会载你去的。"老人对我说。

"这就是我们的婆娘，你喜欢吗？"他向我介绍两位妇女，她们晒得黑黑的，脸面很粗糙，穿着靴子，裙子束得高高的，手里拿着桨。

后来老大爷顺着风向转过自己白发苍苍的头，对"婆娘们"说：

"到湖上你们会遇上好风，刮的是'沙龙尼克'。"

"沙龙尼克"这个词的意思是西南风，其他的风，我后来知道，叫作"夏风（南风）"、"水流（西风）"、"沿岸（西北风）"、"奥别德尼克（东南风）"、"夜猫子（北风）"、"托罗克（旋风）"和"热风"即偶尔的夏风。

"是出航的好风呀，"老大爷继续说，"别忘了张帆。"

"我们没有带帆，大爷。"婆娘说。

"那么要给你们吗？"

"如果你有，就给吧。"

老大爷把用口袋缝起来的帆借给我们，我们就向岸边走去。那里有一条从水中拖出一半的普通小船。乘这条小船必须得漂行过七十俄里长，二十俄里宽的波涛汹涌的大维戈泽罗湖。除了这一切我还知道，这条小船"没用一根钉子"，是用石南条"缝"起来的。这样比较牢固，简单，也便宜。传说，诺亚方舟好像也是这样造的。

坐这样的小船，而且还跟婆娘们在一起，是有点感到可怕的。但这仅仅开始时是这样，后来我就深信不疑，在水上长大、婴儿时就开始在湖上漂泊的婆娘丝毫也不会比男人逊色。男人们给自己保留的只是掌舵的权利。起先，当你看到婆娘们在划桨，而男人坐在船尾，只是轻握舵桨，有时候一边还喝着酒吃着鱼肉馅饼，你就会觉得不公平。但是当我仔细观察后，看到风暴降临时或者就是帆船在迎风行进时舵手要付出多大的力量，我就明白，这没有什么特别不公平的地方。不公平也许是有的，但是目前到处都是这样行事的。

就这样，我与这两个婆娘坐着没有用钉子造起来的小船向卡累利阿岛驶去。前面无边无际的辽阔水面，没有岛屿、畅通无阻的"大湖"向北方延伸，右面只是连绵的森林。

"这是岛吗？"

"不，这是密林。喏，那是岛。"

"那么这个呢？"

"这也是岛，我们这里有许多这样的岛，我们都不去理会它们。湖上总共有的岛数，一年的天数还得加三。前面分布得还更密。尽是岛和萨尔玛，岛和萨尔玛。"

"萨尔玛"的意思是海峡，这是卡累利阿的词，就像所有的地理名词一样，保留着对这个湖泊的老主人的纪念。

"古时候我们这里一定住过一个卡累利阿人。"婆娘们向我解释说。

向我们预告有风的老大爷的话没有错，我们刚刚驶出弯弯曲曲的峡湾，就刮起了强劲的顺风。婆娘们很高兴，开始竖起桅杆，把它的一端插进小船上的一个孔，固定在船底的马蹄形铁圈上。

"只要有好风，"她们活跃地说起来，"哪儿都能去。只要坐着留心看着就是。不要把帆升得太高，那会折断的！把横桁放高些！然后再放下来，别太用劲拉，不然会把船弄翻的。"

婆娘们终于张好了帆，一个婆娘把缆索缠在一只靴子上，抵住船底的一个坎，双手握住舵桨。

小船像剑一样飞快急驰，翻腾起白色的波浪。乌云渐渐地聚拢起来。

"风刮得天都变黑了！马上就天黑了，上帝发发慈悲吧！"

划船的婆娘画着十字说，"我们的湖是很凶险的，大风一刮，白浪一翻，坏天气就铺天盖地地压下来。即使哭天哭地，也得行船。九级浪①掀起来有大房子那么高，仿佛要赶你进坟墓似的。在九级浪之间，就像在大房子之间一样，看不见小船。有一次把我们和一个老太婆抛到一个岛上，有两天饿得我们直磨牙。"

"瞧，瞧，闪电闪过了！"另一个婆娘高声嚷着，"雷也打了一下！"

乌云飘过了，风开始静息下来。

"上帝的慈悲拂过我们身边。风平息了。"

我们驶进了萨尔玛，这里完全风平浪静了。帆微微摆动着。湖的上空挂着彩虹。

"真美！彩虹！应该把帆拉下来。"

她们开始仔细看，虹的一头落向哪里，如果落向密林，那么不会有雨，如果落在水上，那么天就又会变黑。

"现在剩下的路不远了。我们马上就驶出萨尔玛，绕过礁石，那里将是沿岸的丘陵，然后是圆木、针叶林和卡累利阿岛。"

☆ ☆ ☆ ☆

维戈泽罗湖上通常秋天有大的暴风雨，而夏天往往是十分安宁的，像一面大镜子，在阳光下熠熠闪耀。偶尔刮来托罗

---

① 在维戈泽罗地区所有的大浪都称作九级浪。当然，实际上并不总是"九级浪"。——原注

森林、水和石头 | 33

克,即微微的旋风,水面上就闪烁起千千万万个亮点,但是在夏天风很快就拂过了,消失得无影无踪。这种热风对行船没有任何影响,过了五到十分钟,湖泊又像原先一样宁静。有时太阳晒得很暖,天气变得非常温暖。但是不知怎么的总是不大相信这种温暖,仿佛在温暖和明亮的背后隐藏着寒冷并发出喃喃低语:"这不是夏天,这只是过了这个温暖的时节,这里,这个地方就将是冰和延绵不绝的黑夜。"

湖上到处分布着大大小小的岛屿。大的岛不那么令人感兴趣,因为不能把它们一眼尽收眼底,看到的好像只是岸。但是小岛却独具风光。夏天,在完全风平浪静的天气时,它们尤其显得迷人。那时从水里到处都长出一丛丛枞树,它们一棵紧挨着一棵,仿佛彼此间隐藏着什么。它们使人想起比约克林①的《死亡岛》。众所周知,在著名的画上,映入眼帘的先是一组隐藏着死亡之谜、阴间生活的柏树。仔细观画,你会发现在柏树之间有一条小船,一个穿白衣的人运送着洒满玫瑰的灵柩……

瞧这里也有什么白色的东西在移动。这是什么?是天鹅一家子。突然在北边的死亡之岛上空响起了野性的叫声:嘎,嘎,嘎!……这是潜鸟飞过,落在水中,不见了。

岛屿之间,特别是在低低的长满青草的岸边,一定漂游着各种各样的野鸭:阿列伊卡、克廖赫等。它们很平和,不怕

---

① 比约克林(1827-1901),瑞士画家,为象征主义和现代派风格的代表。——译注

人，心里不会想人会打扰它们。

　　坐小船并不一定能到达小岛，它被水下的石头—暗礁包围着。多石的狭长半岛——礁石的两面向湖中延伸，因此使人觉得岛横卧在从水中突出的石头台座上似的。包围着岛的石头说明，这个岛并不是冲积起来的一块地。在它的中央，即没有受到冲刷的部分，那里还保留着沙子和卵石，长着树根盘绕着石头的树。而被冲刷的部分则形成了礁石，也就是石头浅滩，暗礁——水下的石头。有时水完全冲刷了岛上的土，树木无法在光秃秃的石头上生根——这就形成了浅滩光秃秃的礁石。在这种礁石上鱼也不产卵，只有大群的海鸥聚集在上面。

☆　☆　☆　☆

　　所有这些禽鸟——各种野鸭和天鹅——几乎都不怕人。人们也不猎杀它们。"何必要去打死它们呢？作食物的'野味'是确定的，那就是林中的鸟，如花尾榛鸡、黑琴鸡、雄松鸡（松鸡）。天鹅和野鸭没有给我们带来什么危害，是最无害的鸟。"谈论起好人来，这里的人们也说："受人尊敬的人，有独立精神的人是尊敬上帝的，他们不光是不碰天鹅，而且也不伤害野鸭。"

　　所以天鹅就不怕人，带着它们的孩子游到村子里来，而野鸭也一定栖息在离村子最近的沼泽里。一个老头对我讲着这些时还补了一句："看来，它们（野鸭）需要这样，它们明白这一点。"

有一次我与这个老头坐船在狭窄的海峡里漂游。天鹅一家子在前面浮游,竭力想游离我们,但是不想飞走和留下小天鹅。老头以为我想向它们开枪,便惶恐地抓住我的双手,说:

"你要干什么,你要干什么,上帝保佑,不能干这种事!"

由此他给我讲了这样一件事:

"那时我年轻,愚蠢。有一次我突然冒出了一个傻念头——要打死天鹅。我就去林子里打猎。白天就要过去了,随便打点儿什么也好呀。夜降临了,但是非常明亮,婆娘要缝衣服都看得见!湖上静悄悄的。我望见湖中间一块石头旁有一股水流嬉戏着。我想,这不是鱼儿在嬉戏。我仔细看便看见,湖中间的石头上是一只水獭,尾巴挂了下来,因此水才晃动。我先把自己安顿好。扑通一声,它就钻进水里了,我很懊丧。我又看见游来一对天鹅,它们头靠在一起。我瞄准着,还没来得及扳下扳机,它们就游开了。我则不忍心向一只天鹅开枪。我离开湖走了五沙绳,看见有一只鹿向我奔来——远看像是一个干草垛,而它的角就像是耙。我打死了它。假如我开枪打天鹅的话,我会把所有的鹿吓跑五俄里的。"

"已故的伊万·库兹米奇,"另一个划桨的人说,"春天时打死了一只天鹅,可是他到秋天就死了,过了一年妻子也死了,后来孩子、叔父,整个家族都死光了。"

"唉,这种事是非常痛苦的!你倒试试打死一只天鹅。另一只天鹅就腾空而起,然后就掉到水里,永远也不再给自己选择配偶了。"

我花了很长时间竭力想弄明白,为什么不能开枪打死天鹅,但是人们却未能解释这一点。"罪孽"——这便是当地人意识中仅有的一个原因。

很难理解,这种迷信是从哪儿来的。众所周知,在我们的童话里公主变成了天鹅,而在阿利安人的所有神话中天鹅则驮着诸神飞来飞去。但是,如果这迷信与古斯拉夫神话相关的话,那么为什么在壮士歌中又常常"宰杀"白天鹅呢?也许,这是从芬兰人那里引进的?也许,这与这里北方的旧教徒维护摩西,禁止把天鹅用作食物的戒律有关?不论怎样,这种习俗是好的,好像在这里,在这飞鸟不惊的地方,一定应该有这样的习俗。

☆ ☆ ☆ ☆

大概,维戈泽罗群岛中现在无人居住的许多岛屿过去是住满人的。有时候你会看到嵌在树中的旧教的八角十字架,有时候会碰见明显是人工堆起来的石头。当地的人经常能在这里发现锅啊,硬币啊,箭啊什么的。关于埋入土的宝物有许多迷信的说法。这些岛仿佛是一座座坟墓。

实际上,这个地区就像整个奥博涅什耶一样,过去,瑞典人、芬兰人、斯拉夫人经常发生冲突。那是战争和祸事不断的年代。大概,这就是为什么至今还有一些古老的村子在这些岛上或在勉强通行的荒僻之地。大部分奥博涅什耶的小岗小丘都是属于这个古老的时代的。但是在这里,维格地区,有关这方面的传说留下来的很少。"古时候有人在这里生活过",别的就没什么了。那么这些锅、硬币、箭、坟墓是谁的呢?老人们那么肯定地讲到的宝物又是谁埋的呢？这里的人立即会回答：这是老爷埋的。他们曾经生活在这里，这是大家都知道的。

"喏，铁匠屋子的那个地方，他们就曾经住过。"有一次一位老人对我说，他说得非常自信，仿佛他亲自见过这些老爷似的。

"瞧那个地方是他们的主要聚居地。"老人继续对我讲着老爷的事。

老爷们生活过的岛叫戈罗多沃伊，大概是因为那里曾经有城堡，类似小要塞那样的防御工事。根据传说，那些老爷从这些岛上来到村里，抢劫村民，带走农民，强迫他们为自己干活。但是这些老爷是什么人呢？很长时间我都无法弄清楚，当地居民是怎么解释老爷们出现在这么荒凉的地方的。最后有一位九十岁的老人知道各种各样的童话、诗歌和壮士歌，关于这些老爷的来历，她是这么说的：

过去有个皇帝格里什卡，是免去教职的教士，他在异乡结了婚，娶妻玛里娜。他们运玛里娜的嫁妆运了三年。

有一次一匹运嫁妆的马走着走着停了下来，它累了。而圣堂的工友在钟楼上敲钟，看见了，便问：

"你们运什么啊？"

"我们运玛里娜的嫁妆。"

圣堂工友从大车上搬起一只桶就立即打碎了，而桶里面却是两个老爷。圣堂工友便向皇帝报告。

"皇帝陛下,从异乡运来的原来是这样的嫁妆。"

突然冒出一股力量,把玛里娜的宫殿掀了个底朝天。玛里娜是个女巫,她变成喜鹊从窗子里飞走了。而老爷也就跑向了俄罗斯大地的四面八方,也就曾经在我们这里生活过,抢劫过。

人们就是这样解释老爷们怎么出现在维格地区的。实际上,老爷们入侵正是在俄罗斯心脏地区被粉碎的第二个自称为王者的军队向边疆逃散的时候。这些由波兰人、鞑靼人和哥萨克人组成的匪帮从沃洛格达和别洛焦尔斯克县侵入奥洛涅茨省。根据当时的文书记载,"老爷们"亵渎了上帝的教堂,从圣像上摘下了金属坠片,虐待和鞭打农民,抢了他们的钱和其他财产,烧毁了谷仓和储藏室,把粮食运到自己的城堡。这些大大小小的城堡是防御工事,大概就在现在人们所指的老爷的城市或在古代城堡遗址的地方,例如维戈泽罗上的戈罗多沃伊岛。

一批又一批强盗在奥洛涅茨地区闯荡了三年多(直至1615年初)。在1614年底沙皇米哈伊尔·费奥多罗维奇给别洛焦尔斯克军政长官奇哈切夫发出手谕,命令对哥萨克宽恕一切,邀他们为陛下效力,抗击瑞典人,并允诺会有俸禄。哥萨克响应了沙皇,于1615年1月由七十四名首领率领三千到四千人来到集合点(维捷格拉县的梅格拉村),愿意前往诺夫戈罗德、拉多加、奥列舍克为陛下效劳。

奥洛涅茨地区就此告别了这些沉重的岁月。不知道这个时候老爷们有没有离开维格泽罗湖上的戈罗多沃伊岛,也许,他们还继续抢劫周围居民相当长的时间,也许人民用自己的方式惩办了他们。既可能是前者,也可能是后者。所有维戈泽罗的人,无论长幼,讲到老爷们完蛋一事时,有这样的传说:

现在科伊科村(这是维戈泽罗湖西北大湖湾里一个岛上的村子)的地方,过去住过农民科伊科和他的老婆子。有一次科伊科出去捕鱼了,老爷们来到了老婆子那里,让她拿出钱来,但是老婆子没有交给他们钱,他们就把老婆子打死了。这时科伊科回来了,就说他知道宝藏在什么地方,说着就要把老爷们送到那儿去。

老爷们同意了,躺到小船上睡觉。老人用帆把他们盖起来,载往沃伊茨基瀑布(也就是维戈泽罗湖的北端,北维格河的源头)。正好在山谷所在的那个地方附近有一个叶洛维伊小岛,就在这小岛旁科伊科扔了桨,抓住一棵树跳了上去,而老爷们就随船漂向了漩涡。

☆ ☆ ☆ ☆

我记得,人们对我讲关于老爷们的传说时正好是我乘船去观赏沃伊茨基瀑布的时候。据说,瀑布发出的哗哗水声还在杜勃罗夫,即离瀑布十俄里远的地方就能听见。但是对我们来说,是顺风的风却把这水声带到了另一个方向,因为我什么声音也没有听到,甚至在我们到达纳德沃伊齐,即几乎就在沃伊茨基瀑布旁边的维格河上的一个村子时,也没有听到。

那几个载我到纳德沃伊齐并准备送我到瀑布那里去的划船人

说，这里很危险，但是在纳德沃伊齐这里，当地有经验的人马上就表示愿意送我去叶洛维伊岛，它旁边就是淹死了老爷们的飞泻的瀑布。他们从上面，径直就在瀑布的上水段行船送我去小岛。假如我知道这有多危险，当然会认为从下面，在瀑布已变得无力的下水段行船比较好。但是我不知道这一点就出发了。

纳德沃伊齐村旁的维格河还没有通常山间所见的汹涌翻腾的河流那种气势，但是河水相当湍急，到处拍击着石块，到处可见漩涡，川流不息，只需驾船。在河流的前面和中间，可以见到一丛枞树，看起来正好像维戈泽罗湖上的小岛。

随着临近这个岛，虽然看不到瀑布，你却开始明白这种行程的可怕和危险。水就在小岛两边俯冲而下。在瀑布之间只有一个石头岬角，而小船却必须停靠在那儿，不然它就会向下漂去，这种情况是显而易见的。真想能转回去，但是已经迟了。划船人的全部行动都是经过考虑的，现在连说话也是不合适的：小小的错误就会导致前功尽弃。一个人掌着舵，一个人则握着杆准备着小船在停靠时制止住它。我屏住心跳急忙跳到岛上。而划船人说，他们要过一个小时从下面划上来。他们要在那里拉网捕鱼，也就是要在奔腾的流水中用网捕鱼。这样我就一个人留在枞树间的大石头上，周围则是汹涌的流水。

水声喧嚣，流水翻腾！难以集中思想，也难以想象弄清楚我看见的是什么。但是却很想很想看，仿佛这连成一片的瀑布想把你席卷进去，把你带向无底的深渊，一起去体验那里发生的一切。

但是，当你仔细观察时，你就发现，在黑色的岩石旁耸起的浪花并不总是达到同一高度的。前一刻它们曾经更高或更低,而下一刻你就不知道它们会掀多高。

你望着泡沫形成的一个个小水柱,它们永远退到平静的地方,退到黑色的大石块突出部分的下面,在那里的微微摇晃的水面上舞动。但是这些小水柱每一个都与别个不一样。接下去则一切都不相同。一切都不是现在这一刻的景象,也不像过去那一刻的景观。你等待着不知道的未来的一刻。

显然,有一些神秘的力量影响着水的下落,每一刻瀑布的所有构成部分都与前不同,瀑布有着无穷的变化、万千的生命力……

从叶洛维伊小岛可以看到的只有两个瀑布,中间的一个是最大的,同时也是平静而壮丽的直落而下的瀑布,另一个如果脸朝维戈泽罗湖,那么是在右边,叫"侧瀑",它是不平静的,奔腾澎湃,泡沫飞溅,第三个瀑布需从岸上看,从叶洛维伊岛上看不到,因为它在另一个光秃秃的石岛后面。它叫"磨坊瀑"。现在磨坊都在侧瀑附近,但它仍像过去那样叫。顺着这个瀑布木材流送去索罗卡,因为比起别的瀑布来它要小得多。三个瀑布的水汇集到叶洛维伊岛后面的一个不大的凹地中,而小岛这一面也已经是一个相当高的峭壁了。维格河分成三股的水在这凹地里会合,仿佛对此表示高兴似的。它们汹涌着,沸腾着,窜跳着,旋转着,涌向左边高高的岩岸,奔腾而去,很快就流向广阔的纳德沃伊齐湖。

在水汇合的凹地里散布着一些巨大的漂石,风景很美。有些男孩坐在上面钓着鱼,还有些渔夫坐着船,手拿着网,在这汹涌的水中捕着茴鱼和鲑鱼。而在高高的岩石上面，在松树上，有一只永远吃不饱的鱼鹰在等待着自己的猎物。

在侧瀑，虽然水势汹涌，却有一个地方水是一级一级降落的，大概高度不超过1—1.5沙绳，就是在这个地方白海的鲑鱼游向维戈泽罗湖。据当地的渔民讲，鲑鱼用尾巴击水，能跃出水面两阿尔申高。这种鱼想要游到河中去产卵，它们有极大的决心，顺着岩石一级一级地腾跃，最后抵达维格河和维戈泽罗湖。有时候它们中有的鱼没有估计好距离，蹦到了没有水的岩石上，那马上就被鱼鹰啄食了。当地的一名神父在了解了鲑鱼的行程后，就在瀑布旁装上一个箱子，结果所有的鲑鱼都落进了箱子里，然而维戈泽罗的渔民马上就要求神父拿掉了箱子。

从叶洛维伊岛渡到岸上，并且从下面划行不太安全，因此必须得驶过水势比较弱但仍湍急的侧瀑。船老大把独木凿成的小船"高舷渔船"与水流摆成约45度角。水拍击船头，竭力想掀翻小船，但同时也把它冲向另一个方向。这时，船老大及时地灵巧划桨，终于把船划出了汹涌的水区，驶到了平静的水域，划向岸边。

在维格河后面有一座相当高的绿泥片岩的悬崖，叫列捷山，它后面是苔藓沼泽，接着又是山，但已经是滑石片岩的了，然后就是与维戈泽罗湖北角和北维格河毗邻的高耸于周围地形的银山。

有人告诉我，这座山的洞穴中有个地方流淌着纯银的流水，只有一个老妇人知道这个地方，但是她已经死了，现在已无人能找到它。

森林、水和石头 | 43

不论这说法多么离奇，但是它是有根据的，从当地的地质构造，从离它不远的谢戈泽罗湖地区已经找到银矿矿床来看，可以猜想，这里是有银的。

当地的居民深信，这里某个地方是有银的。他们说，好像达尼洛夫的隐修士开采过银矿，并用银子制成卢布，这种卢布在整个北方都通用，只是比政府的卢布廉价些。

有一个纳德沃伊齐村的居民在1732年时就在这里发现过铜矿，后来是金矿的矿脉。在一面是维戈泽罗湖湾，一面是维格河的半岛上，1742年曾经建过沃伊茨基矿场。起先开采的只是铜，但是从1745年起又开始开采金。除了这些金属，在这一矿脉中还有大量铁矿。但是矿场后来被废弃了……总之，所有的研究者都说，我国北方地区有丰富的矿藏，预言那里会有辉煌的未来。

☆ ☆ ☆

谁能生活在遍地是森林、水和石头的这个阴沉沉的地区，谁能生活在阴森森的枞树和未开发的金银财宝中间？

似乎，安静沉默、不好看的芬兰人比其他民族更能忍受这一残酷的环境，能在湖泊、岩石、森林之间安身，慢慢地，默默地，顽强地使自己适应大自然，也使大自然为自己服务。

但是芬兰人却没有能在这里生活，斯拉夫人占领了他们的地方。这些芬兰人原来是些意志薄弱、不能适应环境的人，至今他们在这里还是得过且过，代代相传的是对于过去朝气蓬勃、豪迈勇武生活的忧郁回忆。现在他们歌唱的是这里从来也没有见过的夜莺,歌唱松树和枞树包围的绿色阔叶林,歌唱精耕细作的广阔田野。

不,所有平常的生活方式都不适合这一地区,它不会燃烧起全部强大的内在力量。

但是这个地区曾经遇到过势均力敌、强大高傲的对手。嵌进树的八角十字架,一半长满苔藓的墓地,半毁的小教堂——这一切便是那个时代留下来的这个地区斗争和生活的遗迹。

后面我要讲到隐秘教派教徒和独修士,他们现在仍在努力恢复为宗教思想所鼓舞的最初的分裂教派斗士的生活,那时再来讲古老信徒派教徒与严峻的大自然的斗争的历史。但是现在我先要告诉你们我从卡累利阿岛上以及在维格地区其他村子里生活的人们那里了解到的一切。

哭丧女人

谁要是从来也没有到过未曾开化的我们北方的偏僻角落，只是根据，比方说，黑土地区的概念来了解祖国的人民，谁就一定会对北方人们的生活感到大为惊讶。使他惊讶的将是这里尚遗留着未被奴役毁坏的人民的纯洁心灵。

起先会觉得，终于我到了这个飞鸟不惊的国家：这种淳朴、直率、亲切、殷勤既可爱又天真，却使人感到很不习惯。生活中遇到早已被忘却和如幻想一般破灭的东西时，心灵会感到宁静许多。不用思考，怀着这样美好快乐的心情，走马观花地浏览生活，做一个这样的旅行者是很好的。但是我给自己选择的不是这种目的的方式，我想通过仔细观察一个小小的但是典型的角落来了解这一地区。不要在一个地方耽搁下去，而要不停地行路，那么一定会得到一幅愉快而多彩的图景。

在一个地方停留下来，你渐渐住惯了，就会习惯于环境，就会多少陷进人的琐碎繁杂的需求中。转眼间幻想就消失了，飞鸟不惊的地方也消失了：这里的人们就像别的地方的人们一样生活着。

一个婆娘偷了面粉，另一个虽然"心里沉重难过"，还是做了证。人们在小偷的脖子上挂上面粉袋，在背上背着煎锅，带着她游街。他们敲着煎锅，迫使小偷在每一家屋子前鞠躬。而阿库林娜也有她的麻烦事：丈夫在当纤夫，她给马克西姆喝了茶，三亲六戚就聚拢来做出决定："监视阿库林娜"。对于达什卡就没有什么好说的了。这是个"放任不羁的"女人，村里就只一个这样的女人。当然，谁也不知道她有什么特别的丑事。她在顺加当女服务员，穿的不是萨拉方①，而是城里人穿的裙子，与男人们一起打转转，男人们也围着她打转，瞧着都不好意思。但这是可以理解的。主要是，有一次游手好闲的父亲（他长得很瘦）在流送木材和在海上时纵酒痛饮，还有母亲也这样……大家都知道，她是什么人。大家都记忆犹新。彼得节②时全村人为她而打得不可开交。造船人科任为一条小船的事与订货者在街上吵了起来。他们互相吵骂得越来越厉害。造船人当着众人的面说："我不是你老婆，可以向男人白要钱。"这下就闹翻了！那个人的婆娘不知从哪里拿来一根一头削尖的棍子，给他当头就是一棍。而他的婆娘和孩子就来保护他，对方身强力壮的人就来对付孩子们。石块到处乱飞，整个菜园子都被棍子捣腾光了。你住惯了，你就会看到和了解到许许多多的事，村子里

---

① 俄罗斯民间妇女穿的无袖长衣。——译注
② 东正教会节日，俄历6月9日。——译注

所有的事都在眼皮底下，每个人都乐意告诉你有关自己"规规矩矩的"邻居的全部底细。你听着，听着，最后就会为人家抱屈。"你们这里有没有流言蜚语不涉及的人？"

"怎么没有，怎么没有，"他们说，"有这样的人，有的。"他们说"有"，你就宽慰了。村子里一定是有这样的人的。

卡累利阿岛上的哭丧女人斯捷潘尼达·马克西莫夫娜就是这么一个与众不同的人。

"马克西莫夫娜——这是特殊情况，我们的马克西莫夫娜是个苦命人，她吃了不少苦，真可怜。"

但是在讲到斯捷潘尼达·马克西莫夫娜之前，我应该在这里告诉你们我所知道的有关哭丧女人和她们的作用的情况，因为马克西莫夫娜是整个维戈泽罗都出名的哭丧女人、哭灵人和伴唱人。

☆ ☆ ☆ ☆

在北方，在了解民间信仰、哭丧和丧葬仪式的过程中，可以感觉到自己突然置身于信多神教的斯拉夫人中间。这里的许多特征都说明了他们的存在。比如，在阿尔汉格尔斯克和奥洛涅茨省的许多地方伊利亚节①时要在教堂前把一头公牛开膛破肚。也经常可以听到，妇女在看到蝴蝶时就说："瞧，什么人的灵魂在飞舞"；有时候关于鸽子、野鸭、兔子和白鼬也这么

---

① 俄旧历 7 月 20 日，俄国正教派圣伊利亚的节日。——译注

说——无疑，这是相信灵魂附到动物身上的说法。有时候不知为什么墓地也呈现出一幅独特的景象：那里几乎没有十字架，但是每个坟墓上都放着一把铲子和通常用的放炉内煮物用的瓦罐，瓦罐旁则撒着煤块。这一习俗无疑来源于多神教，大概为古老信徒派所用。如果了解临葬的哀歌，那么它们所展示的是人民那深邃而富有诗意的心灵。失去亲人时的真情实感，心灵运动的纯洁无瑕是不容置疑的，因此哀歌对于了解文化，对于一般地了解人民的生活都提供了丰富的材料。

在这些哀歌中锤炼着一部伟大的戏剧：与死亡作斗争。这种斗争不是转义意义上的斗争，而是真正的斗争，因为对于多神教徒来说死亡并不像基督教徒认为的那样是安息和欢乐，而是最大的敌人。人本来可以永生，但是出现了死亡这个恶魔，他就受到了损害。

首先出现的是这个不可战胜的大敌临近的凶兆。鸟——雕、乌鸦或猫头鹰——飞落到屋顶上，像野兽一样发出呜呜声，像蛇一样吱吱叫。人随时准备与这些凶兆做斗争，不惜一切力量，只要能摆脱死亡所钟爱的东西。但是杀人凶手还是在偷偷地走来，征兆是：年轻媳妇走台阶啦，漂亮姑娘走过道屋啦，乌鸦飞进来啦，朝圣者顺便走来啦。在永恒的敌人面前人无力地垂下了双手。他只好用软办法，与恶魔作交易，什么东西没有供给它呀：珍珠垂饰啦，近东的头巾啦，镀金的马具啦，金币啦，花连衣裙啦，心爱的小牲畜啦。但是死亡，或者说是命，不仅铁石心肠，而且还因人的痛苦而快乐，高兴地鼓着掌，用可怕的声音引着路，最后用致命的一击把牺牲品击毁。

人死就像"太阳躲到云彩后面消失了,明亮的月亮一到早晨就落下去,或是高空的一颗星黯淡下去"。

死去的人的灵魂栖居在一个特别的宿营地或者飞向太空世界,飞向永恒的光明温暖的王国。在这个世界里死者的灵魂翱翔着,像自由自在的云彩一样轻盈地飘到一起又飘散开来:"云和云飘到一起,魂与魂也互相飞聚。"

所有这些亘古以来就有的民间迷信,至今在北方还保留着。"民间有些人还将长久是古代丧葬曲的传人,"巴尔索夫①说,"她们被称为哭灵妇、哭丧妇而家喻户晓。现在在民间人们尊敬她们,几乎把她们奉为神圣。对死者的义务,失去亲人的沉重感,用明确表达的思想和话语来减轻这种沉痛还将长时间地维持这些人的存在。由于自己的天赋哭丧妇们很快就学会、保留和一代又一代承传着古代神圣的哭丧曲的内容和形式。时间和历史渐渐磨损着哭丧曲的内容,但是在长时期里它们还不能磨灭这些哭丧曲的鲜明特色和富有生气的自然现象的勃勃力量,不能完全消除这些哭丧曲对人的心灵的影响。哭丧妇大多是家庭痛苦的表达者,她进入失去亲人的状态,想的是他们所想,体验的是他们的心灵运动。她储备的套语和古代的史诗形象越丰富,她用活生生的自然现象来描述思想感情越生动,她的哭诉就越令人感动和成功,她赢得的影响和尊敬就越多。有时候全村人都聚集起来参加死者的葬礼,如果我们把哭丧妇仅仅想成是别人痛苦的表达者,我们就不能充分地肯定她们的

---

① 《北方地区的哀曲》一书的作者。此处引文引自该书前言。——原注

意义；她们的影响更广泛；她大声地向众人提出失去亲人者的需求，向周围人指明帮助他们的道德义务，她告知生活中的道德准则，公开表达家庭和社会生活中这种那种情况引起的思想感情，好感恶感。"

☆ ☆ ☆ ☆

我跟哭丧妇斯捷潘尼达·马克西莫夫娜是这样认识的：

有一天夜里我睡不着。夜晚十分明亮，在屋内离窗很远仍能自由自在地看书写字。对于一个不习惯这样的夜晚的人是很难做到像平常那样睡觉的。我记得，我当时觉得，天上闪耀着如彩虹似的光带。这一景象令我很感兴趣，因为这是在夜里十二点钟，竟有彩虹！我走近窗户，开始观赏起来。我终究未能解开这一景象的谜，但是这不是最主要的。就在我从窗口观赏明亮的光带时，窗下传来了清晰的说话声，是两个妇女在说话。

"有一次我碰上见到他了。"

"真的吗？他是什么样的？"

"像我的当家人，也穿着红衬衫，大胡子，个子不大，手中拿着松明。"

"你在哪里见到他的？"

"就在棚子里。"

"噢，这不是灶神，这是个庄户的主人。灶神是不会现身的。只能在梦中或者是在你困倦得不得了和昏昏欲睡的时候才会见到他。我是在男人死的时候碰上过一回。

那时候我常到坟上哭诉，我哭得非常伤心，全身都打颤，就在这时他在我面前出现了。我开始日益消瘦，家里人觉察到这一点，但是不知道原因，以为我是怀念丈夫。有一次我痛哭了一场，挤了奶，走进屋子。屋子里很暗很静，孩子们都睡了，只听见炕上的老头，那是过路的云游派教徒，发出呻吟和哼哼声。我想点燃松明，不知怎么却办不到，就躺到条凳上。我迷迷糊糊睡着，似睡非睡，昏昏沉沉。我听到，门打开了……有人进来了……走得越来越近……我却无法动弹一下。我看到，他站着……屋子里很黑暗……无法看清楚，他则又急又粗地喘着。他向我俯下身，拿起我的手……他是毛茸茸的！"

"你说，他是毛茸茸的？"

"是毛茸茸的，亲爱的，毛非常多。我喊起来：'大爷，快从床上爬下来！''你怎么啦？孩子？'他说。我立刻就哭起来了。'我不想死。'我说。后来我就罪过地说：'大爷，你为我去死吧！''我倒是很乐意，'他说，'我的心肝，我是乐意的，可这是上帝安排的事啊。'"

我看了一下窗外，并朝下面说话的人看了一眼，她们发现了我就不再说话了。第二天，我的房东老头带我去斯捷潘尼达·马克西莫夫娜家听她唱哭丧曲。我认出她就是夜间的谈话者。这是个个子不高却很精神的老婆婆，蔚蓝的眼睛微微蒙着一层忧郁和痛苦的神情。许多孩子围着这个亲切的老婆婆。孩子们有的在板凳上，有的在板凳下，有的在地板上，有的拽住老婆婆的裙子，从她背后张望着，还有三个摇篮里的孩子在哇哇哭着。好像全在这里了……但是，你再看看，炉子旁灰堆里还有个完全光裸的孩子在蠕动，再打量一下，那里还有……

"瞧，马克西莫夫娜，给你带客人来了。他想听听你的哭丧。"老头说。

"欢迎，欢迎，亲爱的客人，只不过要哭丧的话，我似乎已经老了。"

我们好歹说服了马克西莫夫娜。她坐到条凳上，眼盯着远处的一个点，开始哭诉起来……我则感到很不好意思……老婆婆泪流满面，真诚、朴素而动情地表露着自己的痛苦。

我回头看了一眼老头，他在哭。他含泪羞愧而负疚地微笑着，悄悄对我说：

"我听不得别人的哭诉，我一听，自己也会哭诉起来。在家里，婆娘们一哭诉起来，我就把她们赶到随便哪里去……我听不得……"

屋子里所有的女人都哭着，甚至年轻小伙子也很不自然地把脸转向角落。我很窘迫……要是早知道即使平日哭灵曲也能引起这么认真的感情，当然，我就不会请求她哭诉了。马克西莫夫娜是当着许多人的面哭诉的。但是她一直哭诉着，也不停歇……

我注意聆听一个寡妇哭泣自己的丈夫，我领悟到，主要是每一行诗中的小停顿引起了忧郁的感情。唱了几个词后，哭丧妇就停住，啜泣一会，再继续唱下去。当然，这些词是有许多含义的。

斯捷潘尼达·马克西莫夫娜的哭灵曲是民间诗歌的范例作品。其中一首是这样的：

寡妇哭灵 ①

苦命人坐到白条床上,
靠近可亲可爱的老公,
靠近心爱的结发丈夫。
听着,亲爱的当家人,
今是上帝给的好日子,
一大清早我那冻僵的
火热的心突然隐隐痛,
一只小小鸟突然飞来,
在折叠的高床头唱着。
"孤苦的寡妇,睡吧!
在广阔高峻的山坡上,
那里的果园葡萄透绿,
那里盖着温暖的花房,
那里砌着明亮的雕窗,
那里放着白橡木桌子,
那里煮着镀锡的茶炊,
那里茶水倒满了瓷杯,
那里心爱的人在等你。"
这小鸟可真是该诅咒!
它欺骗我可怜的寡妇。

---

① 录自哭丧妇斯捷潘尼达·马克西莫夫娜的哭丧词。维戈泽罗,卡累利阿岛。——原注

在死者的那个坟头上,
没有盖好看的小木屋,
只长着繁茂的白桦树,
心爱的结发夫没等我,
看来愿望已无影无踪……

我这个孤单的寡妇想:
湍急的小河弯曲奔流,
小溪小河总川流不息,
辽阔的湖泊湖水荡荡,
白白的雪花飘飘扬扬。
我要开出宽阔的道路,
我要走向广袤的山坡,
到心爱的亡夫那儿去。
强劲的风儿,你吹吧!
吹散这些黄色的细纱。
这新的棺板被晒热了,
白殓衣晒热了敞开了,
心爱的当家人显形吧,

再跟我说一句悄悄话。
我晶莹剔透的蓝宝石,
请多说点,再说一会,
黑沉沉的冬夜将降临,

> 我带上我的心肝孩儿,
> 用暖和的皮袄裹他们,
> 我看着这一群孩子们,
> 更是忧心如焚肝肠断,
> 我透过明亮的雕花窗,
> 望着这陡峭的高山坡,
> 我的当家人没有走来,
> 我只能这样度过青春,
> 不是用时光时间度日,
> 而用泪水洗面度青春。

马克西莫夫娜不是一下子就成为哭丧女人,成为别人痛苦的表达者的。为了理解别人的痛苦,先得喝尽自己那杯苦酒。"我是从自己的痛苦中学会的,"马克西莫夫娜说,"我曾经感到委屈、痛心、难以忍受,这样也就学会了。"

这就是全部解释。淳朴的人对自己的才能是不会大声嚷嚷的,但是马克西莫夫娜在当地无疑是个公认的天才。在姑娘时,她就是维戈泽罗地区的第一位"红歌手"。童年时,她边摇着摇篮里的孩子,边唱着各种童谣。渐渐地,一步一步地,生活把斯捷潘尼达·马克西莫夫娜那些天真快活的儿歌变成了红歌手斯捷潘尼杜什卡的少女歌曲,后来又变成了新娘在婚礼时的告别哭诉,变成了寡妇对丈夫的哭灵,最后则成了哭丧妇斯捷潘尼达·马克西莫夫娜的哀歌。所以她的生活很值得描写。

斯捷潘尼达·马克西莫夫娜是在维戈泽罗村附近的一块收

割过的地里出生的。当时她的母亲离开家人在一旁割麦，突然她扔下镰刀，抓住松树枝就生下了孩子。她把孩子裹在裙里就抱回家了。

马克西莫夫娜记得，童年时她过节时常常坐着大车去森林里采浆果，陪母亲去捕鱼，用水舀子把渗进破船的水舀出去，母亲去割草时，她摇摇篮里的孩子。那时全部家务都落在她这个五岁的小姑娘的身上。她经常要做粉糊，煮大麦饭，牛奶和水混起来的稀饭喂婴孩，整天摇他，唱童谣。去林中采云莓留给她的印象最深。去林中可不是闹着玩，而是件正事。因为云莓是跟面包和鱼一样必需的食物，特别是，如果采集了许多，还要把它们埋在沼泽地里，这样就可以保存到冬天。在林子里采云莓时，小姑娘们都尽量不离开母亲太远，不然林妖希什科随便怎么样就会来作弄你。马克西莫夫娜对这个希什科和所有林中的神怪就是现在还深信不疑，还不让人家怀疑它们的存在。

有一次发生了这样的事：

姑妈家的几个小姑娘坐船去熊岛采浆果，很长时间了都不见回来，于是姑妈就说："鬼不会带走她们的，这些个采浆果的丫头！"而小姑娘们这时采满了一篮浆果，走到草地上。她们看到，一个老爷爷就站在那块草地上等着她们。"小姑娘们，"他说，"跟我去吧。"她们就跟在他后面走了。他带着她们，有的地方把她们举上肩，有的地方把她们放下来，走过了各种荒僻的地方。小姑娘们刚要做祈祷，他马上就对她们说："你们诅咒什么！不许诅咒！"他把她们带到自己家中，带到自己的孩子那里。这是个八人之家，孩子们又黑又瘦又难看。

家里人突然发现，小姑娘们不见了。他们找啊找啊，后来就不找了，去列克萨隐修院女巫师那里。她费了很长时间也未能算出名堂来，小姑娘们就这样在林中住了十二天。在那里给她们吃的食物就只是兔肉和松鼠肉，小姑娘们消瘦了，只不过比死人多一口气。

当女巫师标出小姑娘在林中老人那里时，他把她们扛上肩带向河边。他抓住一个小姑娘的耳朵，把她扔进河里，以至把耳垂都撕下来了，把另一个大一点的小姑娘放在木板上打发走。小姑娘们躺了两个星期，既不能吃也不能喝。

马克西莫夫娜记得许多故事，那个时候她也被希什科吓坏了，但是你无法把所有的故事都能转述出来。

在孩子圈里，斯捷普卡十岁起就被大家称作"红歌手"。照城里的说法，也就是难得有天赋的歌手。逢到节日，人们聚集到集市上，到科伊金齐，到卡累利阿岛或是其他村子：每个村庄一年有一次自己的节日——斯捷普卡总是轮舞中的领舞。她会唱所有的歌——当地的，两重唱的，六人唱的，跳圆舞唱的，但不是现在人们唱的那种歌，节奏又频又短，而是真正古时候的好歌。她和相好的背着大家非常秘密地约会，可是哪里隐瞒得了！流言蜚语传了一村又一村，传了一个节日又一个节日。不仅仅孩子们将此当一回事，就是母亲们也宽容地听着。为什么加夫留什卡和斯捷普卡在教堂里并肩站着？为什么他们一起玩乐？孩子们开始不理会传闻了，也许加夫留什卡会从大车上朝他们挥手或者会在收割过庄稼的地上给他们糖果。就这样过了一年又一年。

斯捷潘尼杜什卡成了出身富裕家庭的有名的美人,她和加夫里拉的理想关系应该受到生活考验的时候降临了。加夫里拉听说"大嘴唇的黑琴鸡"派媒人去向斯捷潘尼达求婚。他一听说此事,马上就乘船去村子。傍晚时分他就悄悄守候着斯捷潘尼达。可怜的她早就哭得泪人儿似的!她还能不哭吗:她是第一美人,可是未婚夫已不年轻,麻脸,大嘴唇,绰号"黑琴鸡"。

"如果你不嫌弃我,"加夫里拉说,"你就待到春天,那时他们一定会让我娶你的,因为我们那里没人干活,用什么来雇女工和付工钱呀,不如就用自己人,不然他们是干不完活的。"

"我不知道,"斯捷潘尼达说,"如果我们留在这里,母亲会不相信的……她会把我嫁出去的……"

加夫里拉沉思起来。

而斯捷潘尼达一回到家,就坚持着:"我不嫁,我不嫁。"

"我知道,"母亲说,"你指望着加夫留什卡。你倒是指望着他,可是你就变成老姑娘了。叫我怎么办?把你熬汤喝不成?奥尔加的妈也火急着,给叶戈尔煎鸡蛋……女婿嘛,女婿嘛……可这女婿却娶了别的姑娘。于是奥尔加就嫁给了一个鳏夫。"

但是斯捷潘尼达没有屈服。

"我怎么啦,难道成了她的对头不成?"母亲想,就穿上皮袄,上卡累利阿岛拉久申家,直到黄昏才到那儿。那一家人正坐着吃晚饭。

"非常欢迎!"

"请用面包!欢迎光临,请坐!请随意!"

"谢谢,我在船上吃过了,不想再吃了。"

"没关系,再吃一点不会有事的。"

她就坐下了。她不被人觉察地不时朝加夫留什卡看上一眼,还伸出一根手指招他过来。

加夫留什卡领会了,便走出来帮她把篮子提到小船上。

"你干吗把我的斯捷普卡搅得心神不宁?……要趁热打铁,乘媒人争着上门时,把姑娘娶过来……你知道奥尔加·叶戈罗娃吗?那样可不行。你想要,就祈求上帝……"

加夫里拉又沉思起来,他怕说这事。他不吃,不喝,家里人觉察到这种情况,有一天夜里母亲走到他身边。

"你怎么不睡觉?"

"心里难受,妈。"

"过去怎么没有难受?我知道,知道,你现在想谁。要告诉你爹吗?"

"我怕。"

"有什么可怕的?我们现在还活着,明天就天晓得了。你们还要生活,不是我们。我去说。"

父亲同意了,斯捷潘尼达·马克西莫夫娜交上了好运:她按自己的意愿嫁了丈夫。

☆ ☆ ☆ ☆

这样立即就开始了繁文缛节的婚嫁准备,斯捷潘尼达·马克西莫夫娜津津乐道地对我详述起来。

完全像古代诺夫戈罗德人那样，教父充当起媒人。虽然这是桩般配的婚事，可是女方父母没有马上就表示同意。"对不起，"他们说，"需要好好想想，还得把亲属召集起来商量一下。"

媒人来了第二次，第三次则带了小伙子来击掌定亲，喝订婚酒。

一桌桌酒席铺上桌布，放上面包和盐①，圣像旁点上了蜡烛，挂上了毛巾。人们祈祷上帝，就畅饮订婚酒。

这个时候斯捷潘尼达刚好学会了唱哭嫁曲或是"作诗"。她觉得，婚礼时的哭诉词是自然而然地从她头脑里冒出来的，仿佛是有这种需要似的。但是实际上，她年复一年倾听了别的新娘的哭诉，不知不觉地就了解到其中的奥妙。当然，许多哭诉词是斯捷潘尼达·马克西莫夫娜怎么想就怎么表达出来的，也就是直接唱出来的。

开始她是向父亲哭诉：

> 不能自主的美丽的心肝女儿，
> 走上了橡树做成的独木小桥。
> 我痛苦而忧伤的盈眶泪珠呀，
> 别在我苍白的脸颊上滚下来……

她哭得泪人儿似的，感谢父亲同时也责怪他，因为他为

---

① 面包和盐是俄罗斯人表示欢迎客人的习俗。——译注

了她不吝惜"自己不计其数的财产",为她买了"天蓝色彩裙","让她穿得漂漂亮亮的去参加隆重的节日活动"。现在她请求他别吝惜自己的轻步疾走的快马,把所有的亲属召集来参加最好摆在白橡树木桌上的酒宴。

几乎整整一星期斯捷潘尼达都在干亲家、姐妹家,甚至邻居家作客并哭诉。往往是她到谁家,那家就马上为她烧起茶炊,在桌上摆上盘子,里面装着蜜饼和所有能找来招待客人的食物。他们坐上一会,聊一聊,而在告别时这个准新娘就用"轻松的哭诉"唱道:

> 我将告别自由自在的生活,
> 在婚礼上请让我痛哭一场。

斯捷潘尼达绕过所有的人,突然想起了自己心爱的,现已故世的女友:

> 旋转吧,又冷又尖厉的风,
> 从严寒刺骨的北方刮过来……
> 倒下吧,大批树墩、倒木,
> 我美丽的女友,站起来吧……

但是时光在消逝。未婚夫那里开始经常来人催促,往往是来了就说:

"上帝帮忙,你们好!彼得·格拉西莫维奇,马里娅·伊万诺夫娜，斯捷潘尼达·马克西莫夫娜，所有的教徒，你们过得好吗？"

"欢迎光临，请进来，请过来，请坐。"

他们坐一会，休息一会，献上未婚夫的礼物，就说：

"我们没有功夫白白消磨时间和过日子，不能尽量快些吗？"

"好吧，"家里人回答他们，"你们要配合我们，要给我们自由，我们等你们等得更长久。"

同时在家里准新娘则与父亲、母亲、兄弟、女友，最后还与自己漂亮的淡褐色的辫子作告别。

早晨女友们唱着歌唤醒了她。她们跟她过不去，唱的很少有好话：

> 你干吗还睡觉，愚蠢的白天鹅，
> 脚面前有可怕的高山令人生畏，
> 头脑里是女人的生活受人管束。

醒来以后，她请求给她送来从可怕的维戈泽罗湖打来的新鲜的冷水，但这水却是浑浊和有褐色水皮的。女友们又给她送来从水流湍急的小河里打来的水，但这水是不吉祥的。最后从阴森的林中水井中打来的水才是吉祥和有力的。

于是斯捷潘尼达请母亲拿来篦子给她好好地把漂亮的辫子梳成一片整齐的淡褐色披髮，系上七根彩带。

梳妆打扮对于姑娘们来说是最隐私、最神圣的时刻。

这里有父亲、母亲、兄弟,整个家族的人,待嫁的新娘打扮得漂漂亮亮的,走向"橡树做成的独木小桥"。

请祝福,可怜的亲爱的父母,
我要走向筑就的温暖的小家,
要告别自由宝贵的少女时代。

待嫁的新娘哭诉了很久很久,她始终询问着,把自己的自由放到哪儿去:用兔皮或鸭肚包起来,还是挂到菩提树干上,或是藏到母亲的绿色葡萄园里?但是到处都不是她的自由待的地方,没有一个角落,她只好将它分给要好的女友。

结婚那天早晨对方终于来人了:未婚夫、他的父母、乡长、媒人。这边众女友唱起婚礼的歌曲欢迎他们。

大家依次坐下:近亲坐上首,远亲坐下首。乡长用手杖敲了一下地,对朋友们说:

"耶稣——基督上帝赐福,请把新娘交给我们吧,我们是来迎娶她的!"

而女友们来到新娘面前说:

"路上有麻烦,而且天气很糟糕,雪覆盖了路。"

终于斯捷潘尼达出来了,她把铺着巾帕的托盘呈送到新郎面前,他给她放上钱,肥皂,镜子和篦子。开始了卖新娘的习俗。娘家人为她要钱,讨价还价,想说服对方,她身家不菲,他们供她吃,供她喝,供她穿,最后他们把斯捷潘尼达卖了,喝了许婚酒。总之,他们根据古时候多神教斯拉夫人的习俗演了一场喜剧。这以后就只有对最新的基督教时代履行义务——在教堂里举行婚礼。

多神教徒成为基督教徒可不是那么容易的事。已经在那个时候父母亲就用圣像给斯捷潘尼达祝福并采取各种措施，以免敌人破坏新婚夫妇，以防在他们之间播下什么不和的种子。为此甚至还特地从希姆伊耶沙漠请来了巫师。在把新人送上雪橇时，大家特别当心好他们。他们坐好后，人们把他们裹得好好的，这才送他们去教堂。

举行过婚礼后，就像在威尼斯那样，他们坐上船去卡累利阿岛新郎家。在那里人们给新人撒谷粒，做祈祷，致贺意，走遍酒席祝酒。这里"人挨着人"相聚在一起，举行最后的婚宴。人们边喝酒边喊"苦啊"①，把钱放到酒杯里，最后伴娘把新人送入洞房。当着她的面，新娘给新郎脱下靴子，他则给她把钱放到靴子里……

第二天早晨人们把澡堂烧暖，伴娘把新人带进澡堂，对于亲人来说婚事就到此结束了。但对于新婚夫妇来说一切都还仅仅是开始。

☆ ☆ ☆ ☆

一大家子就开始一天天地过日子。在大儿子之后公婆又给第二个儿子娶了亲，就这样一共给六个孩子办了婚事。邻居们责

---

① 俄国人举行婚礼时，来宾要求新婚夫妇接吻就喊"苦啊"。——译注

备老公公，说他只凭长相挑媳妇，却没有看人的品德，而品德却是首要的。表面上看媳妇好像不错，可是你瞧，在婆婆面前把瓦罐举过头顶砸碎了。为什么？因为她的本性就是狡猾的，不老实的。做姑娘时全都是很好的，所有的媳妇都想把自己装成恭敬孝顺的人，你就试着去认清她们吧。当要缚住她头上的角时，她就会说："现在我的头被蒙住了，我谁都不想认识。"

老公公活着时兄弟间就因为媳妇们的事而弄得不和气。"老头儿白盖了大房子，"有远见的人们说，"他们生活不到一起。"

老公公去世了。仿佛预感到会有灾难，老婆婆非常伤心。现在她哪能掌管、支撑这一大家子！现在唯一的希望就寄托在加夫里拉身上，还有大媳妇斯捷潘尼达，她准备把家长的权力交到他们手中。

兄弟们好歹还能维系在一起，但是媳妇们就一个劲地埋怨嘀咕："我们的恶老头死掉了，入土也不得安宁，他不干活，只是管管家里的钱财。现在我们就要看到光明了，什么时候这条毒蛇死了才好。"但是老婆婆心里很清楚，她对付不了她们，就把管家的事交给斯捷潘尼达。还是在葬礼上她就哭诉说：

> 在门旁你将是看门人，
> 在大门旁你将是门卫，
> 在锁旁你将是个锁匠，
> 在家里你将是女当家。

在这个家里做什么事都人心不齐，因此做当家人可不是件容易的事，操劳家务尚可以习惯：早点起床，在炉边忙一阵，叫醒大家，分配活儿，从一头到另一头不停地忙得颠颠的，根本不得安宁。但是最难的是与大家搞好关系。去捕鱼也罢，去收割也好，过节也好，可不能把自己的主意端出来，需要慢慢地探悉，谁是怎么想的，然后才提出建议，但是人不是机器，一次两次成功了，到第三次就失败了。而家里还有这么个小媳妇，搞得全家都鸡犬不宁。她对什么都不满意，什么事都不干，只知道指桑骂槐。她总是拿大媳妇家有六个人也就是六张嘴来中伤大媳妇，因为她家里只有两口人：就她和丈夫。斯捷潘尼达终于忍无可忍了：

"瞧你这个女叫花子，我们可是把你从饥饿中带进门的！"

"我可没有求你们，"小媳妇回答说，"我也没有站在大门口。在这里就我和丈夫，可你有六张嘴吃饭！"

小媳妇说话时，其余的人都没有作声，但是似乎开始另眼相看和注意大媳妇斯捷潘尼达六张嘴吃饭的事。情况日益恶化。有一次大家去收割，依照惯例，大媳妇做主，把地分成六块，让每家都知道自己要干的活。可是小媳妇也做起主来，她给大媳妇分了六块地，给自己留了一块。

"就这样，"她说，"给你六块地，因为你有六张嘴。"

"你怎么敢？我要教训你！"

但是小媳妇怎么说就怎么做，她割好了自己的那块地，就躺到干草上，一直躺到傍晚。

这时大家心里想："不能一起过日子了。"

大家回到家，默默坐着吃晚饭，就如酝酿着一场大雷雨。

大媳妇的儿子米舒特卡把汤勺伸进鱼汤，小媳妇就打他的手。这一下子把大家都惹恼了。于是就开始大吵大骂，大喊大叫，聚成一堆，不肯散去。有人手里拿着火钩，有人拿着擀面杖，有人拿着刀。

"开始吧！"

"不，你先开始！"

"喂，动手呀！"

"你动手呀！"

他们开始跑法院，抱怨来抱怨去。有一次几乎要把老大打死。

斯捷潘尼达走出去看一下母牛，忽然听到屋里的喊叫声，吵闹声。她赶紧跑回屋，可是门却上了锁。她明白是怎么回事，就奔向柴堆，抱起一把劈柴，将它们往窗里扔，把男人们赶开了。

常常发生两三个人抓住一样东西往自己这边拽的事，有一次竟把有孩子躺着的摇篮扔到窗外，结果那孩子终身都留着一张斜嘴。各种各样的罪孽真不少。

最后决定分家。

他们分了腌驼鹿肉，分了黑麦，分了面粉，分了牲畜、干草、麦秸、盆盆罐罐，能分的全分了。剩下不能分的只有屋子，因为冬天无法盖房子。于是六个小家就住在一座屋子里。加夫里拉一家安顿在一个角落里，谢苗诺夫一家在另一个角落，第三个角被炉子占了，第四个角则放着圣像。其余四个家庭就安置在条凳上、床上。有一个角落挂起了帆篷。他们就决定这样过冬。

从表面上看，这似乎是一幅四分五裂的凄伤而忧郁的图景。但这仅仅是表象，从内部来看，这种生活却有着无限幸福，对未来的无限憧憬。假如最心满意足的邻居知道的话，那么他们自然会羡慕的，至少，他们会去思考尘世的庸庸碌碌，俗世的渺小卑微。

吃午饭时就显露出这种幸福：六个父亲中每个人现在都是一家之主，一边抚摩着大胡子，一边在床上等着给他送上自己的饭盆。过去往往是当家人大媳妇把煮的肉捣碎，盛到盆里，而现在任何人都可以想吃多少就吃多少。做母亲的剔出骨头，让自己心爱的米申卡或谢廖仁卡啃干净时，她又是多么心满意足啊。

过去往往谁都不愿意一个人赶着牲畜去湖边饮水，现在每一个主妇都喜欢并骄傲地急着去履行自己的职责。邻居们都感到奇怪和好笑。

当然，也少不了家庭幸福有时遭到破坏的情况。孩子们坐在床上，床底下放着瓦罐，发面盆。突然另一个家庭的一头小猪窜进了屋子，钻到了床底下，打翻了瓦罐，拱到了发面盆里。这家的主妇就用细树条抽它，而猪的主人则来保护它。于是尖叫声，喊声，闹了一场。

现在又怎么喂鸡呢？大家知道，鸡不播种不收割，也不承认别人的所有权。而在炉子边又发生了多少不愉快的事哟！过去在炉子边就放了两只铁锅，可以煮稀饭和煨汤，主持家务的也只有大媳妇一个人，可现在炉子边每天要烧十二只瓦罐，炉子边也要有六个主妇，在这里怎么不磕磕绊绊，不乱扔乱放呢？

但是所有这些不愉快的事都很随便轻快地就消失了，犹如晴朗宁静的白天在湖面上偶然刮过一阵微风似的。前面就是春天，每个人都将过上自己的单独的满意的生活。

春天降临了,他们开始盖房子了。一个夏天卡累利阿岛上就增加了五个新的院落。大家开始过自己的单独的生活。只有一些马照习惯很长一段时间中还走到老院子去。

☆ ☆ ☆ ☆

分家后,生活刚开始走上轨道,可是不久加夫里拉就在湖上淹死了,斯捷潘尼达·马克西莫夫娜还年轻,要一个人抚养众多的孩子。从那时起直到现在,在她还未把孩子抚养成人之前,她的生活实在是一种考验。

她哭丈夫哭得都倒在地上,浑身战栗痉挛,声音嘶哑。人们把她扶起来,擦干净,给她喝牛奶,她重又开始哭诉。最后,人们决定把她拖到灵柩下面。按当地的信仰,这样做有帮助。

"就这样,"现在的马克西莫夫娜说,"他们拖我,我用脊背顶住灵柩。我顶着,低声说:'到我这儿来吧,来吧!'后来最后一次告别,我吻了一下他那又光又冷的嘴唇,我的眼泪掉到了他的脸上,一边低语着:'到我这儿来吧,来吧。'他也真的开始到我这儿来,而且经常来,弄得都嫌烦了。有一次我哭诉够了——我每星期天都到他的坟头哭诉——穿上丈夫的皮袄,裹上毯子,不然哭诉后会打颤。我坐了大车去运干草,刚驶过了干草地,突然什么东西跌落在我车上。我一看,是穿着坎肩衣服的丈夫,他对我低声说:'让我待着,让我待着,别叫喊,我不是死人,我是活人。'我想,我这是什么神志呀,我感到昏昏沉沉的,心里直打颤,仿佛有人撕我的皮似的。而林中雕鸮啼鸣，狗在吠叫，这一切林中的妖神，真可怕呀！而在雪地上所有的影子，所有的影子都在奔跑！我就对儿子喊道：'米基图什卡，到我大车上来！'我们坐在大车上，我看得见，他却看不见。我又怕说，那会吓坏孩子的。我想，让我站在大车上，也许，他就不再纠缠了。我站了起来，却马上就跌倒了，就这样没有知觉也没有话语地躺了很久。人们用雪来搓擦我，给我喝茶，把我放到炉子上，我醒了过来。"

斯捷潘尼达·马克西莫夫娜就这样从自己的痛苦中学会了哭诉。她就开始到人家那里去替他们哭诉，也到婚礼上去伴唱。

所有的哭丧妇大概都是这样的命运或是近似这样的命运。在维戈泽罗沃我知道好几个哭丧妇，她们全都是寡妇，苦命人，像马克西莫夫娜一样，非常不幸。唯有体健而狡猾的哭灵妇乌斯季尼娅婆婆那种愉快乐观的样子使我感到惊奇。为了激起她的职业竞争的欲望，我就在她面前夸奖马克西莫夫娜。

"这么说，她一定对你讲了对她丈夫的哭诉了？"她询问着，"嗯，哭丈夫是很容易痛哭流涕的。她最好还是哭孩子和哭父母。"

快活的乌斯季尼娅婆婆变得严肃起来。原来，二十年前她心爱的儿子去世了，她哭了他八年。她把各种哭诉简单而相当淡漠地告诉了我：有哭丈夫的，哭父母的，哭好婆母的，哭坏婆母的，但是当她开始哭儿子时，她号啕大哭了。

后来，在见到斯捷潘尼达·马克西莫夫娜时，我把我与乌斯季尼娅的谈话告诉她。无比善良、从不嫉妒的她热情地赞扬了乌斯季尼娅。

"有各种各样的女人,"她说,"即使是哭丈夫哭得非常厉害,而哭孩子的时候,就是用心来哭了。"

母亲哭到灵柩,哭到坟头。
年轻妻子哭到嫁给新丈夫,
姐妹的哭犹如草上的露珠。

捕 鱼 人

维格地区所有的人都捕鱼，几乎每个村子都坐落在湖畔或河边，但是真正的渔夫是维戈泽罗人。捕鱼是他们主要的基本的活计。卡累利阿岛在这方面是最典型的地方。这里的贫穷是可怕的。呈现的景象是令人压抑的。这个岛上甚至没有树林，只有水和石头，在石岸边可以看到二十条左右的小船，叉形支架上晾着渔网，穿着破衣烂衫的人在这些支架间忙碌，附加到这里的还有一排因风雨侵蚀而发黑的屋子、篱笆、掩蔽了小教堂的一丛枞树，这就是全部景象。你不由自主地会想到：难道这里有财产的不平等、嫉妒、仇恨、自尊……？为了弄清楚这个问题，当地人建议……数数澡堂。如果澡堂不多，就是说生活得还和睦。如果有许多澡堂，那就不好，说明人们彼此不上对方的澡堂。他们也注意到了，村子越小，澡堂越多，那些只是两三户人家的村子则一定每家都有自己的澡堂。

在这种严酷的气候条件下人们喜欢孤独，喜欢单独居住，因此总在寻找新的更好的地方。一家人住到靠近林中湖泊的地方，他们独自生活在天赐的有林有水有石的天地里，不停地劳动着。但是与村子的联系并不断绝，那里还有他们的亲朋好友。他们甚至不认为自己与村子分离了，他们的新住地用的还是原来的村名。这一家安顿好了，住惯了。渐渐地在这一家的旁边出现了第二家，第三家，就出现了还是原来名字的新村子。比方说，维戈泽罗的巴索沃村，离它不远还有一个凯巴索沃村，要是在林中好好找的话，大概还能找到一个凯巴索沃村：这已经是新垦地，只有一座屋子。在北方人们就是这样分散居住的，因此常常能见到两三户的村子。但是维戈泽罗的这些村子间有着紧密的联系。在卡累利阿岛住下以后，我觉得自己仿佛置身于一个向波韦涅茨和波莫里耶之间的巨大空间扩展的村子中。已经不用说，从谈话中可以了解到卡累利阿岛上的全部底细。在快要过彼得节时这里聚集了从捷列基纳、达尼洛沃，甚至"林外荒僻地"普洛泽罗和希若泽罗来的人。北方人给自己制定了一条很明智的规则：平日离人们远些，节日靠他们近些。当然，那些单独居住的人比聚居在村镇的人要强悍些，因为单独生活不能不劳动，而在村子里人们之间互相帮助，好歹总是可以勉强糊口的。

卡累利阿岛上也有富人和穷人，从房子的外表就可以得出这方面的结论。瞧，一边是又大又漂亮的房子，而它旁边却是像一堆劈柴、屋顶半毁的蹩脚的小屋子。这些屋子的共同之处只是很惹人注目的独特的北方建筑风格。一个屋顶既遮蔽了人住的地方，也盖住了所有日常生活所用的各种棚舍。但是首先投入眼帘的是最小的一座两层屋子。下面一层不住人，只是为了隔温保暖，为了存放日常用的东西。同样令人注意的是通向上面一层的木桥似的通道，这一层是个木棚，在这个木棚里放着粮食、干草、麦秸，下面则养牲畜。

但是这里富人与穷人的区别不像城里那样看是不是用石头砌墙。财富主要在于有一个正确组织起来的好家庭，其次是有多余的一匹马、一头母牛、一条船和一张网。这就是在财产上的全部差别。卡累利阿岛上有三十户人家，其中三户每户有两头牛，五户根本就没有，其余每户一头。有十六户当家人没有马。全村只有十三张大渔网，要两户合用才行。没有母牛还可以过日子，没有马匹也可以过日子，可是没有船的话，就只有走"可诅咒的哥萨克"那条路，也就是给需要劳动力的人当雇工。不过，称哥萨克是"可诅咒的"，那只是因为他们有正当的幸福的家庭生活的理想，并非是因为穷人仇恨富人。所有的财富在村子里是有目共睹的。穷人抱怨的只是自己的命运。这些穷人大部分是能力有限的苦命寡妇，她们不可能有船进行秋捕，她们也没有男劳动力。

但是，如果财富全都在别人眼皮底下，如果它是靠劳动创造的，那是不可能十分富裕的。那么，为什么季莫什卡·季扎斯基就大大富裕起来，而且好像是一下子暴富了呢？过去他是个纤夫，哥萨克雇工，突然却发起来了……盖起了价值可观的屋子，储藏室里有四头牛，两匹马。

但是季莫什卡是不算数的。季莫什卡是个捕鱼的巫师，他变富是捕鱼的缘故。

普通人捕鱼也是富不起来的，现在鱼很少落入网内，无论怎么想办法，都捕不到更多的鱼。可是季莫什卡却一个劲地能打到一批又一批的鱼。即使那一年，如老婆婆们所说，维戈泽罗的人赌牌把鱼输给了谢戈泽罗的人，大家整整一年都吃不饱，季莫什卡却还把狗鱼晒干，把白鲑腌起来，还把不少欧白鲑运到顺加市场上去卖。季莫什卡是巫师，他知道鱼的咒语，他能学会，大概要花好多的钱。但是季莫什卡到哪里去找钱呢？最好是简单地，像古时候那样把蝙蝠钉在兜状网底，这往往是有用的。据说，季莫什卡是这样碰上水妖的：有一次深夜，他把大渔网拽到岛上。一看，有人坐在兜状网底……季莫什卡在岛上升起火，拖过渔网，抖开网，拖出水妖，一个黑乎乎毛茸茸的家伙！季莫什卡没有害怕，让水妖坐到靠近火的地方，问："把你扔进火里？""不……不……"水妖含混不清地说。"那么扔进水里？"季莫什卡又问。"嗯，嗯……"水妖含糊地说。季莫什卡就把他放了，就是从那时起鱼就朝季莫什卡大量涌来。季莫什卡是巫师，不能以他为例。而要是就一般而言，在这个地区靠劳动是致富不起来的，即便是春夏秋冬都一个样，终年不歇地艰苦劳动，也是富不起来的。

☆ ☆ ☆ ☆

早春时节村民中最身强力壮的年轻人便去流送木材，照这里的说法，是"去当纤夫"。不过，在纤夫中也能见到男孩和老头。"我们从小小年纪到古稀之年，"这里的人说，"都当纤夫。"

在这里"当纤夫"仿佛是一种普通的赋役。村民们诅咒这种苦役般的危险的活计,但是又不能没有它。大概从洗礼节[①]起就开始招募纤夫,那个时候农民无疑已经吃完了他们所收的粮食,而且也吃完了当地的掌柜给他们的、要用以后捕的鱼来抵偿的那些粮食:不论是春天用袋形渔网捕的鱼,还是秋天用大渔网捕的鱼,还有花尾榛鸡、黑琴鸡和其他野禽。就是在这个时候,来招募纤夫的工长住到某个中心的地方,预付给他们定金。通常工长们是没有钱的,他自己从波韦涅茨的掌柜那里借贷面粉,因此定金甚至所有未来的工资都是用面粉和其他的副食品支付的。在洗礼节到三月中旬的这段时间,村民中最好的这一部分身强力壮的人已经出卖并吃掉了自己的劳动力。只有少数人能避过这种奴役,春天时直接到经管流送木材的管事那里当雇工。这些为数不多的幸运者叫作"独立者"。

纤夫们经河流和湖泊流送的木材运抵白海,索罗茨卡亚海湾。在那里它们被锯成木板,送往英国。自然都明白,只有最好的木材才能选送出国。连它们也不是完整地都送出去:把它们切割成一样的一段段,两三沙绳长的树梢就扔在林中,让它们腐烂。同样腐烂掉的还有白白死掉的被风刮倒的树木。而与此同时,黑土带某个地方的地主却几乎为了一根树枝与农民打官司,这里无数的树木却白白浪费掉。到目前为止,这里的树木,就像水和空气,还是分文不值的。在树林中常常可以见到数十棵被砍倒的腐烂的树。这或是猎人砍倒的,那是为了把松

---

① 俄国旧历1月6日。——译注

鼠从一棵树赶到另一棵看得清的树上,或是农民砍倒的,为了采集松树枝,用它来铺畜棚底……有过许多方案,也讨论过多次,要把这个地方的水流与奥涅加湖,最终也就是与彼得堡连接起来。有一次甚至认真地研究过这个问题。但是这一切动议留下来的只是在马谢利加村旁边的两块石头上写上:"奥涅加—白海运河",而开凿运河并没有什么自然的障碍,不过是因为这件事要私人来做投资太大,而国家又不管北方的事。现在树木暂时就运往英国。冬天把它们准备好,也就是砍伐并运到河流和湖泊的岸边。到春天水就会使它们浮起来,纤夫就把还未被汛水卷走的树木让水冲送走。在河里树木是分散漂送的,到了湖里就集成木排,为此要用石楠枝条把许多树木捆在一起,这样这些石楠枝条就仿佛成了一条又长又牢的木缆索,把纤夫在湖上集中起来的所有树木都拢了起来,所有的树木就这样归到木排里。这样的木排通过所谓浮锚上的绞盘向前行进。人们用绞盘拖木排,然后起锚,用桨把绞盘推向前,再拖动木排,如此这般继续着。尾巴部分,即带绞盘的木排,沿着维戈泽罗一直行至伏伊茨基耶瀑布。在这里木排要解开,因为每一根圆木都要被冲下山沟,都得单独承受自己的命运。常常出现这样的情况:一根又粗又长的圆木被冲下山沟后,就在那里"溜走了",然后又以可怕的力量从水中蹦出来。如果这时它碰上岩石,那么可能被击得粉碎或者断成四分之一,或者一分为二。在飞过瀑布之后,树木在纳德沃伊齐湖又聚集起来,然后沿着汹涌、多石滩的维格河分散漂去。

纤夫的活几乎是所有现有活计中最艰苦的了,同时它又是非常危险的。

　　早春时，河水泛滥，这时还很寒冷，纤夫就用带钩长竿把树木从河、湖岸边推下水。他们整天都是湿漉漉的，甚至浸在冰冷刺骨、刚刚融化的水中。到晚上十点钟左右，他们才在树林中聚成一堆一堆，生起篝火，互相紧紧地靠在一起，牙齿格格打颤直至早晨。清早——"鬼还没有敲醒朝霞"——四点左右就得去干活。树木在水中滞留时，他们应该送它们漂行。一些人在岸边走，用带钩长竿把要在石块间卡住的树木拨走，一些人则站在河中漂行的圆木上，从一根圆木跳到另一根圆木，用带钩长竿钩住圆木，竭力使漂流的大量树木在狭窄的地方有一个畅行的通道，或者就只是为了不让个别树木阻塞去路。在很不畅通的地方，在隘口，安放了由两排捆在一起的树木构成的引木，漂来的树木碰到引木就不会进入隘口，卡在那里，但是尽管采取了这些措施，在多数石滩处，几乎总是有树木卡在那里，接着就有第二根，第三根树木，越积越多，最后树木堆成了山，整个运送都被阻断了。在转弯的地方有最危险的活儿，需要不怕死的勇敢精神。所有这些被阻的树木，这种堵塞，通常是因一两根树木造成的。这些不同于别人而一星期得七卢布酬劳的大无畏的人便来排除这种堵塞。勇士站到一根漂浮的圆木上，借助于带钩长竿保持平衡，用它一会儿钩住石头，一会儿钩住其他漂浮的树木，漂近堵塞的地方。在这里他选择着看来是阻挡了其他树木运行的那些树木，用绳子系住它们，急忙跑向岸边。但是往往会发生这种情况：在他正在寻找堵塞的树木时，堵塞的树木突然松动了，于是站在自己圆木上的纤夫就在堵塞的圆木涌来之前向石滩冲去，竭力不停留，不让大量的树木赶上自己。过了石滩。他不止一次地钻进奔腾的水中，常常又重新跳上圆木，漂到水流平稳的地段，那里才算安全。

有一个纤夫告诉我，有一次他在排除堵塞时遇上了险境。他说，在那里他被转得晕头转向有十五分钟，他已经失去了知觉，是同伴们救了他。

纤夫们冻得打哆嗦，浑身湿透，常常得寒热病，最后终于到达索罗卡的锯材厂，在那里已经可以过上沿海居民那样的自在生活了。

在这里纤夫们过着与维格的宗法制生活没有丝毫共同之处的生活，排遣着历尽艰难险阻的心灵。

☆ ☆ ☆ ☆

在纤夫去流送树木期间，卡累利阿岛上其他的居民就准备着用袋形渔网捕鱼。在冰还没有散开之前，需要检查和修补袋形渔网。袋形渔网就是捕鱼篓子，不过它们不是用树条编的，而是用绷在木箍上的网做的。春天是在沼泽岸边捕鱼，因此在用袋形渔网捕鱼前，整个沼泽就被划分成相等的几部分。只要雪一融化奔流，湖上的冰显现蓝色，离开湖岸，立即就在沼泽岸边一只接一只放上袋形渔网，就如一垛墙。这时的狗鱼没有产卵，竭力想到岸边，好在那里产下卵，但是途中它就遇上了袋形渔网，高高兴兴地进入它的口中，因为在狭窄的通道里很适合它排卵。鱼非常想排出鱼卵，它甚至不怕十分狭窄的通道，只要能通过就行。

春天的太阳晒得暖暖的。在阳光下鱼很快就充满了整个袋形渔网,如果不及时查看的话,甚至会挤破渔网。这就是为什么渔夫不让一个袋形渔网装的鱼超过十至十五条,他们急于"减少渔网里的鱼",也就是说,解开渔网口,排出鱼。有时候会碰上很大的狗鱼,它们的背上常留有鱼鹰的爪子甚至脚掌。显然,凶悍的鸟不自量力,把爪子扎入大鱼而被拖下了水。有时也能遇上圆腹雅罗鱼、鲈鱼、欧鳊、江鳕。富裕的当家人有一百只左右这样的袋形渔网。一个春天他捕到的狗鱼约卖七十卢布。但是大多数捕鱼人拥有的袋形渔网不超过四十只,捕到的鱼立即就剖杀干净。一些有经验的老人和女人坐在朝阳的地方剖杀。弄干净的鱼被腌起来,装进桶。"有钱人"(这里的人对所有的生意人都这么称呼)来了,收购了所有春天捕的鱼,如果不来,人们就把鱼晒干,以后再卖。奥隆人最喜欢这种鱼干。

春天充分展示着无穷的魅力,是把牲口赶到田野去的时候了,但是在只有石头和沼泽的卡累利阿岛上又能把牲口赶往什么地方呢?显然,需要把它们运到有比较肥沃的土地的其他岛上去,这样的好岛就在离卡累利阿岛两俄里的地方,它有十俄里长。于是,在通常要把牲口赶到田野去的时候,在维戈泽罗湖上却漂着运送母牛、马匹、羊的船只。每一条船只能载一头牲口,而且还要有特别装置,用树条交叉扎起来的两个桩,扎成T形的圆木和横木,以免翻船。横木放在水中,圆木则抵住船舷。

卡累利阿岛上的居民是贫困的,他们甚至无力雇用放牲口的牧人,也许,只是因为不惯于这样做。他们就放牲口自己去自由天地,任它们自由自在。牲口在树林里闲逛,就像野生动物似的,只有在沉寂的北方树林里听起来怪怪的铃声才说明这些动物与人有联系。不过,过了一个夏天,无论是牛还是马都不再与人生分了。羊甚至还眷恋人,当它们看见湖上驶过的船只时,就聚集在岸边,哀怨地哞哞叫着。只有小牛犊到秋天时完全变野了,给主人添了不少麻烦,他们把牛犊先赶到泥泞的沼泽地里,在那里捉住它们。要是附近没有沼泽地,就要筑起牲口圈。

牲畜运上岛以后,女人们每天就得去那里挤牛奶,清早她们坐上船,几乎总是带着孩子们,就出发了。她们上了岸,树林里蚊子、小蚊子、牛虻黑压压一片。为了免受折磨,所有的牲口都走进水中,只露出一个头,在那里等待乘船近来的女人们。她们把母牛赶上岸。生起篝火,让牲口的奶子朝向烟雾。此外,孩子们拿着小树枝在两旁驱赶蚊子。就这样开始挤奶。挤了一会奶,女人们一定要仔细倾听,有没有听到铃声,马是否平安无事。如果铃铛不响,她们就一定会去树林里寻找马匹,说不定它们会出什么事呢!

这个时候男孩们乘船去钓鱼准备做鱼汤。在熟悉的多石浅滩那儿几乎总有一群群鲈鱼在嬉戏。孩子们把早就准备好的系在绳子上的石块,也就是"锚",放进水中,等着船"定下来",然后安上诱饵,把没有浮子、钓竿的钓线上的鱼钩放进水。浮子、钓竿这些东西在这里也是多余的,因为鲈鱼很多,没有浮子也听得到鱼咬钩的声音。瞧——多石浅滩那里的小群鲈鱼嬉游着，咬着钩。现在只要来得及从水中抽出钓线取下鱼并把蛆、牛虻、甚至是鲈鱼的眼珠装上钓钩，就能钓到鱼。男孩们一心钓着鱼，根本没去注意，宁静的湖泊中这些荒凉的岛屿看起来多美，银色的鲑鱼跳出水面，在阳光下闪闪发亮。

但是刮起了微风，鱼就游到深处去了，母牛的奶也挤好了，马也找到了。大家乘船回家，但是顺路一定查看捕白鲑的渔网。从远处就可以知道，这些渔网张在哪里。在那些地方水中矗立着黑乎乎的桩子。海鸥盘旋，潜水鸟啼鸣。这些鸟经常"得罪"捕鱼人，因为它们会钻进水中，啄食被缠在网绳又细、网孔又稀的渔网中的鱼。常常会发生潜水鸟为自己的掠夺行径而偿命的情况：它们自己也被网缠住了。它们对捕鱼人来说是有用的：它们那麻花的皮很坚韧。如果把皮剥下来，可以做成既漂亮又暖和的便鞋。

一个妇女划着桨，船沿着渔网前行，另一个妇女就很快地把渔网放进船里，不断地把在网中的白鲑、鲈鱼、鲤鱼取出来，把被啄坏的或死掉的鱼扔掉。渔网就留在船上：在家里时要把它们放在岸边的叉形支架上晒干。如果不把它们晾干，那么就会结上一层黏液，以后鱼就不会钻进来了。

有时候马与女人一起坐船回家。发生这种情况往往是因为女人们坐船前发现休闲地长满了草，需要耕种。回到家后她们耕地、腌鱼、拔萝卜，这样忙掉了半天。而这段时间老婆婆就煮稀饭、做鱼肉馅饼和鱼汤。她们多半吃鲈鱼或白鲑；鲑鱼是不能吃的，因为这鱼值钱，六戈币一俄磅[1]，是给富人吃的。她们吃一点东西，休息一会儿，就又干活了。劳动日很长，一天有三班：早班从清早干到八点，中班从八点后干到中午，晚班从中午后干到日落吃晚饭。她们就是这样从一顿饭到一顿饭生活和劳动的。

在北方，日落几乎不会发生任何变化，天空依然是明亮的。这种没有白天和黑夜的界限大概会使容忍和习惯这一点的北方人兴奋，他们往往不马上躺下睡觉，老人长久地劳作，有时要到夜里十二点左右，忙着整理渔网或是劈柴，最后想起该睡觉了，才躺到大家身旁铺着驼鹿皮的地上。

这样的夜晚很闷，母亲伸开四肢躺着，孩子睡不安宁，有的埋在母亲胸口，有的横在脚边，有的干脆从驼鹿皮上爬开了。而外面天空清澈明亮，一片寂静，只有野鸭在沼泽地上嘎嘎叫着……老人最后一个睡，第一个起，拽着老婆子也起来了，烧炉子，摇摇篮。在他们后面大家也起来了，轮番走到用绳子挂在桶上方的铜壶兼铜盆那里，这只桶发出浓重的令人窒息的臭味，那是给怀胎的母牛煮鱼汤用的。把这样的母牛运到岛上去是危险的。还是上一天，老婆子在杀鱼时就把鱼肚什扔到桶里，早晨又加上水，泔水，再往那里放进烧烫的石头。

渐渐地要到夏天了，后面日子的活计不像前面那些日子了。摘树叶的时节临近了。这是俄罗斯中部和南部的人完全不了解的。妇女们乘船还是去那个亚涅岛，找到长白桦树的地

---

[1] 俄国采用公制前的重量单位，等于409.5克。——译注

方，把低矮的枝条压弯，摘下树叶放到船里。傍晚回家时水上浮着的已不是船，而是叶垛了，上面神气活现地坐着孩子。回家后树叶堆在上层，在牲畜圈的上方，以便收干。从这时起当家人通常就睡在这些软和的树叶上面。白桦树叶到冬天就作为牲口的饲料。如果在树叶中撒上面粉，那么容易饲养的北方小母牛是不会在意的。

在摘树叶之后就开始繁重的劳动：割草。干这活没有纤夫们就不行了：女人们不会磨大镰刀，也不会堆草垛。她们急不可耐地、不安地等待丈夫，怕他们赶不上割草……终于，筋疲力尽、疲惫不堪的纤夫们回来了。他们需要休息，恰好可以在草地上干磨大镰刀啦、补渔网啦、擦净猎枪啦这些活儿。

☆ ☆ ☆ ☆

北方割草跟在南方好地方割草可完全不一样。草地小得可怜，起先都会不相信眼睛：难道这不超过四分之一阿尔申的矮草也值得去割吗？但是，恰恰是这低矮得可怜的草原来还是这里最好的"陆上的草"，它不是酸苔草，而是牲口喜欢吃的甜草。但是在"水灾年份"，也就是湖水大泛滥时，常常连这种草也不长，只长一种木贼草。这种木贼草如果不掺面粉，牲口无论如何也不肯吃的，而面粉是珍贵的食品，大多是运来的。据地方自治执行机关统计，波韦涅茨县的居民把他所拥有的面粉的三分之一用作牲口的饲料。由此可以想象，这是一种什么草，它需要掺加多少面粉才能成为可以吃的饲料！"水灾年份"是因为维戈泽罗湖泛滥,湖水来不及经过瀑布流入维格河才造成的。这就是为什么当地人深信,假如可以在瀑布上炸开个口,降低湖水水位,那么湖岸就会变干些,就会长出好草,"陆上的草"。实际上,在少数干的地方到处可以见到非常好的三叶草那红红的头状花序。

这种可怜的割草人有时离开村子很远。他们要从卡累利阿岛坐船划行二十俄里光景,在那里干活,整整一星期不回家。这种时候村子里只留下老人和小孩,所有能割草的人全都住到割草地去了。那里有一些小屋子,夜里,劳累的人们通常在这里睡觉,免受蚊子的折磨。大蚊子和小蚊子是割草人的大敌。它们非常之多,假如割草人不戴遮脸的防蚊面罩那是不可能忍受它们的叮咬的。"哪怕是大哭也没用,"割草人说。

所有的人不分男女都割草,确切些说,不是割草,而是砍草。割草人用头巾包着头以防蚊咬,始终弯着腰,从右向左挥动大镰刀,马上又从左面挥到右面。与这种割草相比,南方那种有节奏地舞动双手的割草显得多么优雅和轻松。而在这里,不可能有这种能减轻活儿的节奏:草丛中有时能看到石头,有时不得不中断干活。这里还有大蚊子、小蚊子。空中有数不清的蚊群在飞舞,只有当淡淡的阳光从林中窜到空地上照到它们时,才会明白它们多到什么程度。

割草通常是在早上进行的,当太阳晒干了露水,人们就开始把已经干了的草堆成垛。为此要选择干燥一点的地方,在林中砍下一些粗树枝,做垛心杆,把它们插进地里成一条线,一根离另一根不远,彼此间隔几步。两个妇女送干草,一个男人就把它们整齐地堆放在垛心杆之间，往上堆高来。这样堆好的干草成为第一个草垛。如果草比较潮，那么就从两边撑住它，随着草变干，撑柱也就越来越低。第一个草垛后接着就堆第二、第三个，有多少干草就堆多少。一家可以搞三车自用的干草，在公家树林里打干草，一车要付五十戈比。干草就留在这样的草垛里过冬。

　　疲乏不堪的割草人到晚上时就张罗过夜的事。为了驱赶蚊子，他们在小屋内燃起朽木，而那些睡在草上的人就用帆篷当帐子。但是要防蚊子是不可能的。割草人在干草上辗转反侧，缩成一团，唉声叹气，听着林中的狗吠声。"林子里哪来的狗？"他想。突然回想起，他们来干活时他把两块饼留在石头上，后来回来时，饼已经没有了。"这饼会到哪里去了呢？"有时候被蚊子咬醒了，他就想。而狗就一阵阵叫个不停。早晨他忘了狗，也忘了饼的事，但是在闲暇时还会想起，在聊天时会说：

　　"上帝关爱过我……只有一次……割草时我把两块饼留在屋旁的石头上，回来时饼没有了。"

　　"也许，是谁拿了，吃了？"

　　"谁会到树林中来拿饼吃呢？"

　　大家都不作声，表示同意。而他继续说：

　　"我还听到狗叫：汪——汪，很可笑。"

　　"也许，这是什么人带了狗来这里？"听话人不信他，怀疑地说。

　　"再说谁会带着狗在树林里走呢？"

真的，谁会到这么荒僻的地方来呢？难道是哪个"逃犯"？

割完了"陆上的草"，现在可以去割沼泽地上的了。沼泽就在岛那里，因此可以住回家。过去是不分的，但现在都需要分沼泽。这种事是在北方，这里每一个人大概都摊到好几百俄亩的树林和沼泽！

人们站在齐膝的水中开始用短把镰刀砍沼泽地的草。沼泽在脚下晃动，周围野鸭群飞、啼鸣，小野鸭叽叽叫着，海鸥、潜水鸟在空中盘旋，而女人们收起裙子，穿着高筒靴，整天站在水中砍草。对于非北方人来说，这种景象是令人惊讶的。但是割草以后接踵而至的活计就没有什么特别的了。黑麦和谷类庄稼还是用大镰刀收割，在特别的"粮垛"，也就是几沙绳高的梯子上收干。卡累利阿岛上运粮用的是雪橇，因为为运粮而专门置办一辆大车是不值得的。干了的粮草在仓房里用连枷脱粒。

☆ ☆ ☆ ☆

及时收割庄稼对卡累利阿岛的居民来说非常重要。之所以重要，是因为不能让严寒袭击田野上的庄稼，但主要是因为收割庄稼不能延误了秋天捕鱼。对于渔夫来说这段时间最不可轻视，最重要。真正的捕鱼只有在秋天。如果庄稼不及时成熟，那么最好是雇一个女帮工，"女哥萨克"。

秋天捕鱼的大渔网又大又昂贵，只有很大的家庭才有能力拥有它。卡累利阿岛上总共就一家独立拥有大渔网，其余家庭是两户合起来共用一张大渔网。维戈泽罗秋捕用的大渔网每个翼网有七八十沙绳,还需有约一百五十沙绳的绳子。渔网最重要的部分是兜状网底,因为被捕的鱼都集中在那里。

八月十五日开始捕鱼,持续到十月一日。捕鱼前卡累利阿岛的海岸按大渔网数平均分成若干段。在这样的岸段只能用一张大渔网捕一天,第二天这个地方就由别人来捕鱼,而先捕的人就依次到别的地方捕鱼,依此类推。

秋天捕鱼必须要有两条船。先是到湖里去,放下兜状网底,马上就向两边分划,一条船拖网右翼,另一条船拖网左翼。等把所有网都放下去后,就转向岸边,一起拽一百五十沙绳的大拉网。在湖上两船彼此相距一定距离,到了岸边就划到一起了。绳子是由安装在每一条船上的绞盘拽动的。起先在水上只能看到浮子,后来才露出网翼,它们一露出水面,捕鱼人就扔下绞盘,两个人抓住一个网翼,用双手拽。当露出密网时,就有人拿起两端有木圆圈的杆子,开始用它来打水,把鱼赶到兜状底网。最后解开底网,把鱼倒到船舱里。

秋天主要捕白鲑和欧白鲑。所有捕来的鱼通常立即由"富人"收购去。但是那些能把鱼保存到洗礼节的人则把鱼运到奥涅戈湖上有名的顺加市场上。近来这个市场在奥隆涅茨省和波莫里耶所起的作用就如尼热戈罗德市场在俄罗斯欧洲东部地区所起的作用一样。猎人和渔夫把毛皮和鱼运到这里,储购些面粉,给自己买些皮革、轭索、植物油、大麻、亚麻、家用的零星什物和新衣服。"富人"或是"奸商"把自己的商品再转卖给批发商。而这些商人又把货物转卖给彼得堡和其他城市的商人。总之，顺加至今在北方的贸易中仍起着巨大的作用，在民歌和童话中也经常提到顺加。

但是在维戈泽罗只有很富裕的人家才能把鱼运到顺加去，大部分人都在当地把鱼卖了。

在进行秋捕的同时，有些人去林中打猎，打花尾榛鸡、黑琴鸡和雄松鸡。但是卡累利阿岛上一些蹩脚的猎人却认为湖上封冻后在冰上钓鱼更好。

为此先要用冰镩———一种像铁锹那样的工具——钎出一个冰窟窿，把大渔网放进去。在冰窟窿的左面和右面，朝撒网方向，凿一些洞，彼此相距十沙绳左右。借助于这些网，长杆和渔网上的绞盘把网拖向岸边，这里也已凿好一个大冰窟窿。

人们这样捕鱼到十二月份。从那时到春天，到去干纤夫活，就把干树木运到流送的地方。确定为砍伐的树林有时很远，于是当地的干活人又得离开家，很少有人，即使是最穷的人，带妻子一起去的。这种艰苦的活纯粹是男人干的活，女人很少帮得上忙。她们高一脚低一脚在雪地里吃力地走，丈夫还气恼地催促……免得遭罪最好还是别带，最好让她们继续在冰上捕鱼。

男人们整个冬天就是砍伐、修剪和运送树木。他们就住在猎人、割草人、隐修士、苦行修士——所有需要暂时居住在林中的人住的林中小屋里。冬天北方的白天很短，干一会儿活，就冻得受不了，于是就到小屋子里去，烤烤暖身子，然后就挨着躺下，等着自然而然入梦。在这样的长夜里，在小屋子里能干什么呢？真觉得寂寞得要死。但这时讲故事人马努伊洛出来救场了。在松明的照耀下他在这间林中小屋里给躺在地上昏昏欲睡的大伙儿讲道，有个沙皇与百姓相处甚为简朴，仿佛他不是沙皇，而不过是个有权的幸运的农夫。农民们给他送来花尾榛鸡，给他猜谜语，而沙皇机灵地猜中了，他还给他们出主意……

大家都默默地听着关于沙皇的故事，有时候有人笑笑，慢慢地大家就睡着了。

而马努伊洛始终讲啊讲个不停，直至确信所有的人都睡着了，为此他不时地高声问：

"睡着了吗，教徒们？"

只要有一个人有回应，他就拨弄一下松明，继续讲那农民的沙皇的故事……

到春天一些人又去当纤夫，一些人则拿起袋形渔网、木犁。北方人就这样整年不停地劳动着，在与严酷的大自然斗争中为自己谋得生路。

壮士歌歌手

老人们总是说:"我们那个时候人长得比较好,比较结实,古时候日子过得好。"年轻人无法说服老人,他们很固执。即使能说服父辈,使他们不再那么说,那么祖父辈、曾祖辈也会那么说:早已过世的人和先辈会说,过去是黄金时代……

过去俄罗斯的土地上曾经有过"非常棒的强壮的勇士"。不知这是真的还是假的,只有古代北方的俄罗斯人歌颂他们,相信有过这些人,而且这种信念传了一代又一代。

关于过去时代的这些诗很长,一点也不像现代诗歌,一个不识字的人只要头脑里没有塞满现代生活中无用的、多余的、偶然的事情,只要有好的记性,他就能吟诵它们。这就是说,吟诵者应该具有某种东西能使他们自己接近于黄金时代美好的壮士歌时代。

因此,这种诗歌是与某种生活制度相连的,在这种生活制度面临消亡的情况下,它要求歌手就是这样生活。严格的古老信徒派的传统，在漫长的北方夜晚在松明的照耀下编织渔网，身处大家庭——这就是造就壮士歌歌手的环境。

但是这种推论是书上写的，是一种猜测。我去维戈泽罗地区时，决心一定要找到这样的吟诵者，亲眼看一看他的生活，切身相信这种推断。

还没有抵达维戈泽罗地区，我就听说了这样的歌手的事，这恰好与我的推测是吻合的。

我坐轮船行驶在奥涅加湖，经过干草湾时，我仔细端详了一位鹤发童颜的老爷爷，便问他，他们那里有没有吟诵者。

"那还用问，那还用问！"他回答说，"我们那里的里亚比奴什卡就是，他住在加尔尼齐。你听说过我们的伊万·特罗菲莫维奇·里亚比宁吗？肯定听说过，老爷们都知道他，都来找他。他唱自己的壮士歌攒了五百卢布光景，还到过国王那里，去过外国，真是奇迹啊！"

"你们村子里有别的人知道壮士歌吗？"我问。

"没一有，我们哪行呀！……里亚比宁是旧教徒，不喝酒，不抽烟。他在这方面很严格。吃东西也严守规矩：每天应吃多少就吃多少，因此他记性很好。他对自己丝毫都不放松。比方说，把他带去见国王时，那里什么没有呀！桌上摆满了东西。他们让里亚比宁坐在自己身边，招待他，他与他们一起坐着，谈着话，却什么东西也不碰，一点也不吃……现在他攒了钱，可还照老样子生活，捕鱼，教孩子唱歌。"

伊万·特罗菲莫维奇·里亚比宁是著名的里亚比宁的儿子，吉利费尔金格曾经向前者记录过壮士歌，从老人讲的话来看，吉利费尔金格是偶然遇见他的,在捕鱼时节,在一个小教堂里。

我不知道,是别的观察吸引了我还是吟诵者现在已经不存在了,在维戈泽罗我很长时间都没有找到出色的壮士歌歌手。最后我总算遇上了,在他家里住习惯了,很久都不怀疑,这正是吟诵者。

☆ ☆ ☆

有一次捕鱼人顺带着送我去一个大岛,那里只住着格里戈里·安德里阿诺夫一家人。渔夫们对我讲他:"老人很好,不是胡说八道的人,他能对你讲各种各样的壮士歌。"

我们驶近岛时,岸上一座大屋子旁有许多赤着脚、半裸着身子、但很健康的孩子在玩耍。

"老隐士在家吗?"渔夫们问。

"他在捕鱼。"孩子们回答。

格里戈里的妻子走出来了,她把我带到干净的上房,一个劲地说:

"您待着,当家人很快就回来了,您待着……"

如北方习俗那样,老婆婆先是给我喝茶,然后招待午饭:煮白鲑鱼汤,把酸牛奶,装着云莓、干红饼的盘子端上桌,还有欧白鲑做的鱼肉饼、鲈鱼做的鱼肉馅饼、黑果越橘做的馅饼、奶渣饼、面包瓢。老婆婆不时地钻到下面去拿一样样食物招待我。

"老头在捕鱼,在捕鱼,"她说,"我老了,不能跟他一起去了。从前我可不会这么安宁地待着,有一百四十张网呢,我的天哪……我养过一头牛,后来两头、三头、四头。各种牲口都养过。可是现在腿疼了。"

直到傍晚老人才回来。他会把我看作什么人呢?当然是看作与树林、地界或警察公务有关的老爷。自然,岛上的人不需要这一类人。

但是格里戈里走到我跟前,彬彬有礼地递过手来,像个当家人那样,显得很庄重,说了几句话,就去睡觉了。他身材魁梧,一头卷发,五官坚毅,轮廓分明,很像使徒彼得。

他的脸上似乎没有任何多余的东西,即使是额上的累累皱纹仿佛也都有其用处,好像每一条皱纹都是他正确、平静的大脑褶皱的延续。

第二天清早骂声和喊声吵醒了我。我朝高处望去。昨天看像是使徒彼得的老人手中拿着一根大棍在沿湖的小路上奔跑。在他前面跑着的完全也是这么一个老头,没有戴帽子,只是比他年轻些。前者追上了后者,用棍子打了他,后者就倒了下来。前者打了又打……

事情弄清楚了:格里戈里的大儿子,五十七岁的汉子,被派去波维涅茨卖鱼。他回来时喝醉了,对父亲说了许多粗话,老人就打他。

在老人家里无疑是不许喝伏特加和抽烟的,只有客人在时才喝茶和咖啡。因此喝酒抽烟是双重罪孽。过去我想,旧教徒禁酒、茶和烟只有宗教意义。但是现在,在与老人谈话以后,我确信,这个大家庭就其收入而言是不允许这一切的。假如全家每天喝茶，过节喝伏特加，那么这会耗费袋形渔网捕鱼得来的全部收入和干纤夫活的部分收入。再加上这一点：抽烟同时也似乎是否认父亲的最高权力，那么，老人惩罚儿子也仿佛有点可以理解了。

"拿他们怎么办呢？"稍微过了一会儿老人对我说，"交给法庭吗？可是法庭不会审理这种事。现在是什么法庭呀，只是白白浪费钱。过去就是很简单处理的：人都召集来，把犯事的人扳倒，狠狠揍一顿。这就是全部审判……没有关系，躺两天就复原了。走吧，与我们聊聊！"

部分原因是逢上星期天，部分原因是有客人到家里，女人们为聊天努力做好一切准备。桌子铺上了白桌布，老婆婆忙着煮咖啡，这是从芬兰走私来的，很合口味，儿媳妇在把鱼肉裹进面皮中，做鱼肉馅饼。格里戈里的儿子中只有小儿子在家，这是个二十岁左右的机敏的小伙子，一头淡黄色头发，一张开朗的斯拉夫人的脸，他是老人的宠儿。大儿子正躺着等复原。其余的都去当纤夫了。此外，条凳上还坐着一个若有所思的大胡子女婿，显然是客人。要弄清楚女人和孩子的身份完全是不可能的，因为她（他）们的人数太多了。

他们招待我喝咖啡，老人喝开水。开始聊起来，有点不大自然，像是正式谈话似的，一般地聊聊生活情况。老人一人说，老婆婆不时插上一两句，而女婿则深思熟虑地简短答话说："对，对。"其余人都默不作声。

老人所谈的生活情况当然是这里维戈泽罗的情况。在这座屋子里，在岛上这个大家庭里，像所有的地方一样，也发生这样的戏剧：新旧斗争，老少斗争。旧的观念传统是从维格河上游，从被毁的达尼洛夫修道院传到维戈泽罗来的。新的观念则是从维格河下游传来的，那里集中了流送木材的纤夫活。因此老人谴责纤夫这种行当以及伴随而至的新的生活。

"去当纤夫，去当纤夫，"他说，"他们得到什么呢？"

"对，对，就是这么回事。"女婿附和说。

"老爷，撇下田地菜园，会有什么呢？"

"是啊，会有什么呢。"女婿应声重复说。

听说话的人默默地、郑重而又久久地喝着咖啡。

"我们那个时候，"老人滔滔不绝地说，"大家和睦相处，儿媳妇不会停在门口，也不会说'我要，我不要'这种话。可现在的年轻人，你对他说一句，他就回你两句。"

"干吗去说远的呢！"老婆婆插嘴说，"十年前，不会更早，我们整个维戈泽罗地区只有科伊金的神父那里有一个茶炊，在维戈泽罗乡村教堂有一个，谢苗·费多罗夫家，助祭那儿……总共九个茶炊。可现在每家人家都有，而且还各有两个……"

"我们的老人，"当家人继续说，"吃的是烂东西，喝的是白水，可是给年轻人又是木房又是马又是屋子。"

"应该这样，"出乎意料地响起了主人小儿子那年轻而充满朝气的声音，"我们这地方没有马简直无法生活。"

"对比自己有经验的人顶嘴似乎不恰当，"老人纠正说，"这怎么能让老人没有马自己去拉无滑木雪橇呢？"

"老人只知道拯救自己的灵魂，却不为别人着想。"

"不为自己还要为谁着想？"

"到森林中去，还吃烂东西，这有什么好的？"

"走吧，小弟，走开吧。不，别走开，在可怕的上帝法庭上你可是只为自己个人负责，那里不会要你对别人负责吧？"

"是的，是的，那里不会要求的，"女婿应声说。

这一次我未能使谈话摆脱正儿八经的腔调，谈话冗长而又令人厌倦。后来，在老人建议儿子去森林中这一点上，我确信，他并不完全是真诚的。从本性来说，他并不是苦行修士，而是个农民。他热爱土地，喜欢当农民，准备去干随便什么苦活，只要不离开土地就行。"去森林中，"这是苦行修士的话，他是相信这一点的，一生都真诚地打算到那里去，但是终究没有去，而是建起了一个大家庭，有了房子和财产，他身上有着庄稼人的本能。有一天他对我讲了一个对当地来说很有代表性的故事。

老人一个人拯救着自己的灵魂，在树林里向上帝作着祈祷。有个过路的香客，只有上帝知道他是个什么人，走到他跟前，说：

"愿上帝保佑，林中的懒汉！"

"我哪里是懒汉，我勤于祈祷上帝和干活，辛辛苦苦，相当卖力……"

"你的劳动算什么！虔诚的农民在地里耕作，他还知道，什么时候上帝打铃召唤人去作日祷，什么时候该吃午饭。"

老人弄明白了：过路的香客对我说这干什么。他走到田间，看见庄稼汉在耕地。

"上帝保佑！你吃过午饭了吗，好心人？"他问庄稼人。

"我还没有吃午饭，"庄稼汉说，"上帝还没有打午祷前的钟呢。"

老人坐到田埂上，庄稼人耕了一会儿地，让马停住，眼睛转来转去。

"好心人，你干吗眼睛转来转去？"老人问。

"这是午祷前的钟声，"他说，"应该去祈祷上帝和吃午饭了。"

老人感到很惊讶……他们就去祈祷了。

老人马上就解释这个故事的意思。

"显然，"他说，"上帝那里的农民比老人更有意义。老人老是祈祷，却没有祈祷到，而农民一直在耕作，却当上了圣人。"

但是如果说老人不同意"去森林"的要求，那么干纤夫活他就完全不能理解了。

"在家里，"他对我说，"睡得香，吃得也快些。而纤夫们一走，家里人就没什么好吃了……那里很自在，第一，没有什么操心事：哪怕是粮食不长，哪怕是家人没法活。最初脱离土地是他们的愿望……人家给钱，可后来就成了奴隶了。他们回家来又饿又疲乏，却没有带钱来。还是去年就把钱交给魔鬼了。地里长的粮食多吗？打哪儿知道，就到那儿去取呀。于是他就去向工长苦苦哀求，把自己卖了一个春天，然后又去向富人低三下四地恳求：给点面粉，给点粮食。起先他拿人家粮食是用鱼作抵偿，后来就当奴隶了，直至出卖灵魂，把节日都卖给了工长。"

"唉，古时候就有这种情况！在土地上生活就如在母亲身边生活。那个时候每块地里能收二十普特黑麦。一块地里不长庄稼，另一块地里长。家庭人口有二十人，日子过得很好！"

☆ ☆ ☆ ☆

老人这么眷爱的土地——母亲究竟是什么样的呢？农耕地区的农民又多么鄙夷地背离它呀！他会说："这不是母亲。这土地是后母。"

卡累利阿岛上的耕作尤其使我吃惊。这个不大的岛分成两半：一半是低地，泥泞的沼泽，另一半地高些，但是是丘岗，那完全是一层石头。

"你们怎么耕作？"当你见到这石头层时，不由自主地会问。

"不是耕作，而是翻动石头，"他们回答你。

这样的地一个夏天一定得翻动五次，不然什么东西都不会长。与此同时还须经常把从地里耕出来的大石头拖到一起堆成堆，很快这堆石头上就长满了草，而由白白一层小石头构成的田地上就很显眼地拱起了绿色的小丘。这是很有特点的，以致农民常常说，例如，"我家里有九个石堆。"把小石头收集起来堆成堆可不行，因为白天晒热了的石头能防止播下的种受冻，而在干旱时它们又能阻止水分蒸发。至少农民是这样认为的。你还没来得及耕好这种地，在潮湿的气候条件下这地倒又长满了草，因此必须得经常翻地。

但是，"地"这个词的意思好像与农耕地区的概念有点不一样。这地就紧挨着村子旁边，很小，像菜园子似的，用篱笆、"栅栏"围了起来。好像这地方做菜园正合适，但是这里没有菜园子，因为这里不长白菜，不长葱，甚至土豆也长不好，常烂掉。当地的居民不知道苹果，也没有蜂蜜的概念，从来也没有听过夜莺、鹌鹑的啼鸣，也没有采集过草莓。他们很有把握、满腔热爱地几乎歌颂着所有这一切事物，可是在日常语言中你都听不到这些词。有一次我谈起了蜜蜂，他们却不懂，后来我画给他们看了，他们就说，这是丸花蜂，也就是熊蜂。

在这个地区童年正在过去，有许多故事……这些故事带有不少美妙的歌，在俄罗斯中心地区人们已经不知道这些歌了！

在这样的"地"上，还不得不少播种，气候又恶劣，粮食就长得不多，如果够吃两、三个月，已经算不错了……这就是为什么现在不可避免地要出卖自己的劳动力去当纤夫，而且还得预先出卖。

过去，这地区还没有林场，还允许在公家森林中进行采伐，粮食是够吃的。后来一方面政府限制采伐，另一方面纤夫这一行当在最需要劳动力的时候把最强的劳动力夺走了，这就是为什么只剩下可怜的一点常耕地，而在树林中整出来的地则荒废了。农民本来是乐意扩大常耕地的，因为这些地付较少的劳动就可以得到粮食，因为这些地上已经不需要砍倒树木，把它们烧了，然后在树墩间播种，而只要施上粪肥，用犁把石头翻动翻动就行了。可是问题就在粪肥上。常耕地需要很多粪肥，这就是说，要养许多牲口，而养牲口就要有饲料，这里的干草是沼泽地上长的，不掺面粉牲口是不吃的，这就形成了众所周知的农业圈。除了采伐，古时候这个农业圈还因为为达尼洛夫修道院干活而遭到破坏。现在采伐和为达尼洛夫修道院干活已被干纤夫而取而代之，随之也就产生了这一行当的新的文化。

这母亲——大地就是这样的。现在我们再回到吟诵者格里戈里·安德里阿诺夫身上来。

☆ ☆ ☆ ☆

在荒僻的树林中，在林中小湖对面的小丘上，可以看到一圈黄色的黑麦，那里用密密的斜篱笆围起来的。这个小岛的周围是树林形成的围墙，稍远些则完全是泥泞的无法通行的地方。这个栽培庄稼的岛整个儿是格里戈里·安德里安诺夫整出来的，而且并非出于经济的考虑。付出这样的劳动，他本可以多捕些鱼或多织些渔网，所以谈不上什么经济上的盘算。过去全家二十口人一起清理这样的小岛，这样干是很好的。靠老人一个人干，那是力不能及、无利可图的活。不，在这个树林中格里戈里·安德里阿诺夫隐藏着比普通的经济盘算更高的精神需求。不，这里有过去的诗意,那时许多大家庭全体人马来砍伐树林,那时精神比较坚强的人还没有为一文钱而出卖自己去当纤夫,也不抽烟,不喝茶和酒,因此这个小岛是为过去、为黄金时代立的纪念碑,是格里戈里·安德里阿诺夫老人心灵的一种祈祷。

  两年前,还是在秋天,老人在林中打猎时就发现了这块地方。他仔细地察看了树林,看看树木是太细还是太粗,因为树木太细不能种粮食,树木太粗又很难砍伐。关于土壤,凭树林长的情况他早就心中有数了。现在他只要验证一下,如果是白桦林、赤杨林、一般的阔叶林,那么树下会长草、花,它们能使土壤肥沃。如果这是松树或枞树林,那么树底下什么也不长,土壤就贫瘠。他知道,白桦长在坚实的土地上,而枞树则长在不密实的地上。但是他还是从腰间拔出斧子,用斧背掘开土,察看树根:它们是干的,这很好,因为"在潮湿的根上不会长东西"。土层有四分之一俄丈①厚,这就是说,可以有四次好收成。照他看来,每一俄寸②土地能给一次收成。察看完后,他发现了一块地方。春天,当雪融化,白桦树上冒出戈比那么大的叶片时,也就是在五月末或六月初时,他又带了谷子,去"砍树枝",也就是去伐木。他砍了一天、两天、三天。好在母牛就在附近放牧,婆娘们给他送来新鲜的鱼肉馅饼,带酸奶油的饼和牛奶,不然就得随身带干粮,在林子里篝火旁过夜或睡在狭小的林间小屋里。终于活儿干完了,砍下来的树木应该

---

① 一俄丈相当于 2.134 米。——译注
② 一俄寸相当于 4.4 厘米。——译注

壮士歌歌手

收收干,渐渐地砍下的树木上的树叶发黄了,树林中出现一个黄色的小岛。

到第二年,还是这个时候,老人选择了一个风和日丽的日子,去林中烧躺在那里已经干枯的一大堆树木。他在这堆树木下面放进一根树杆,为了让它烧起来,先从背风方向烧着它。随着树杆下面的地方烧起来,他就把树杆移向远一点的地方,让树木下面有空气燃烧。在蒙蔽了眼睛的烟雾、火星、火苗中,他灵活地从一个地方跳到另一个地方。在树木没有烧光前,不时地拨弄一下篝火。在白乎乎的小湖对面的林中小丘上,黄色的小岛变黑了,这是烧荒造成的。风会把宝贵的黑灰从小丘上吹走,那么所有的功夫全白费了。因此需要立即着手干新的活。如果地里石头少,就可以用特别的没有托架而带直犁刀的犁直接进行耕作。如果石头多,就得斜翻地,用一种斜钩去整地。等这项艰巨的活儿干完,耕地才算准备好了。第二年春天就可以播大麦或种萝卜。这个可以栽种庄稼的小岛的历史就是这样的。

了解了这段历史,不由地会产生这样的设想:是不是老人的远祖从产粮较多的地方搬迁到这里时带来了这种对土地的爱?

☆ ☆ ☆ ☆

就是这种与土地的联系阻挡了老人"去林中"拯救自己的灵魂。但是现在老人心中还滋生了新的怀疑:他心爱的小儿子有朝气、英气勃勃、有文化,到过波莫里耶,在那里受到了新观点的影响。跟这些观点斗争可不像跟大儿子的酗酒和粗鲁斗争那样容易。

那日小伙子从索罗卡的锯木厂回来,就开始说些胡说八道的话。他说,锯木厂停工了,全体工人都罢工,甚至怂恿维格河和谢戈泽罗湖上的纤夫。老人很是生气。维格人流送木材已有五十年了,只是靠这营生才糊口谋生。虽然干纤夫的活是令人憎恨的,但现在维格人就是靠它营生。要是没有这唯一的外面挣出来的钱,那就只能饿死。现在要罢工!这会导致什么后果呢?老人不愿意相信。但是传闻越来越多,不断有捕鱼人到岛上来,每次都证实这些传闻是真的。终于,整个地区都议论着罢工的事。在这个禁欲主义地区,在这些居民中,虽然他们在与大自然的斗中经受了长期严峻而富韧性的磨炼,但是这些话他们闻所未闻,也难以理解。家庭里的不安情绪日益增长。我每天都观察到老人和小儿子的关系越来越紧张。女人中间也形成了两派。要不是老人突然被事态的变故所击败,上帝知道,这会有什么样的结局。

有一天早晨儿媳妇到湖边去打水,马上就叫嚷着跑回来了。

"来了,来了,纤夫们回来了!"

婆娘们等纤夫们回来已等了很久了,因为割草时节来临了,可是"罢工"这个可怕的新词在年轻的媳妇们心中注入了不安。这就是为什么屋子里的人在听到纤夫们回来了的喊声后都奔向岸边。

八条桨划着船前进,只是在离岸不远的地方才张起了帆,

虽然几乎没有风,鼓帆滑行在维戈泽罗被认为是一种特别的排场。纤夫看样子心情非常愉快,传来了笑声和嘹亮的歌声:

  不是铁锈,哎哟,不是铁锈腐蚀了田野……

  纤夫们带回了令人高兴的消息。他们的所有要求都满足了。省长亲自到他们那里去,对他们低三下四的,保证安排好一切。他们立即给在彼得堡的老板发了电报,得到的答复是:"立即满足要求。"

  老人弄糊涂了,皱着眉头,沉默不语,而纤夫们却兴高采烈。第一天他们没干什么事,休息了。接着就开始准备去割草:有人磨镰刀,有人补渔网,有人擦猎枪,有人准备渔具、鱼钩要钓鱼……这一切在割草时都用得着。割草的地方即草地离得远,在二十俄里外,因此整个星期都不能回家的。

  这一大群闹哄哄的人走了,大屋子变得空荡荡的,只留下了老人、老婆子和幼小的孩子。岛上和屋子里都是静悄悄的。只能听到摇篮吱呀吱呀的声音和照料孩子的老婆子无精打采唱着的单调的小调:

  好好睡觉吧,
  在干草毯上,
  在树皮垫上,
  在破布褥上……

而老人，这位魁梧强壮的爷爷，把网挂到角落的钩子上，整天就在窗口织着渔网。他织渔网时默不作声，想着什么心事。大概他回忆着自己的生活或是按自己的理解领悟着纤夫们带到这岛上来的对生活的新看法。

有一次我请他讲讲自己，是怎么结婚的，又是怎么在这荒僻的地方安家的。老人很激动，兴致勃勃地对我讲起来。

"我现在八十七岁，"他说，"我出生在科罗索泽罗。虽然离这儿不远，约二十五俄里路，可是经济却不一样。那里经常是寒冻，每七年就会冻死一回庄稼。寒冻是明摆着的，就像天上有三颗星那么明了。许多沼泽，冰冷的泉水，刮着海风——越刮越冷。这也不怪，因为我们生活在海洋边。在维戈泽罗没有这种情况，这里是许多小岛，周围都是水。有水就有温暖，水是保温的。春天到了，是北方的那种春天，可不能等吃面包呀。父亲便拿定主意搬到这儿来。他说：'不论你走到哪里，太阳总是搁在山顶上。'我们卖了母牛，买了船——没有船在岛上没法过日子。我们就来到这里，开始经营起来。起先我们住在松树下面。瞧它，亲爱的，就在那里……"

老人用手指给我看窗外一棵枝叶繁茂的大松树。

"嗨，我可是对你说实话：我们这地方不付出劳动是无法过活的。伐木，翻动石头，织渔网，捕鱼，林中打猎，我父亲就是猎人！我自己也曾是个猎人！唉，是马就得挨打，是好汉就得经风霜。我不吹牛，就是现在离五十沙绳远我也能射中戈比那么大的目标。只不过已经不大能听到雄松鸡的动静……好！慢慢地我们就建起了这些木房，耕种了田地。就这样过了五年光景。我已经到了二十五岁。我们去科伊金齐,去巴列奥斯特洛夫斯基过节。我去了扎哈尔家,我看到:我的公爵夫人在杀鱼,她体态纤秀苗条!就是她,我的公爵夫人。就是你的心上人吗?是的,我十分喜欢她。回到家,我对父亲说:'是这么一回事,爹,要是你去一趟就好了。''是哪一个?'他问。'就是那个扎哈罗娃。'我说。我看着父亲穿上皮袄,束上腰带。我等着……我等得多焦急呀!相信吗,我爬上屋顶大概有十次,看看船是不是回来了。我看到,有两个人坐船来。父亲划着船,扎哈尔坐着,掌着舵。嘿,小伙子相中了!接着就准备婚礼,可是却没有钱。一共就需要十七个卢布。我到乡村教堂求见阿列克谢·伊万诺夫,告诉他是这么这么一回事,请他体谅。他给了钱,没有说话。我永远感谢他。就这样我结了婚。后来我们就靠劳动过日子。我一结婚就对妻子说:'老婆呀,我虽然是个穷丈夫,但是你可别违拗父亲和母亲。'而她就嚷了起来:'妈,请祝福吧!'……"

老人转过身,恢复了常态,继续说:

"我母亲玛里娅·鲁基奇娜是个好老婆婆,能说会道,是从达尼洛夫修道院出来的。老婆婆当时说的话,后来就没有变过。我的玛里娅是无可挑剔的。现在有些年轻人,我不说他们不好,可是……唉,米哈伊洛,头脑不是渔网,不能重新摆放,我们保持自己的头脑。我们饱尝苦难,历尽艰辛,像栽培苹果似的,养大了七个棒小伙子。有时候回到家,疲乏了,似乎不舒服。可是休息一下,就又去干活了。我就这样生活和闲聊,一直朝前,朝前……

"关于阿列克谢·伊万诺夫我忘了对你说了,过了一年我带了钱还给他,向他表示感谢。我有十年没有见到他了。有一次就在基督复活节前,那是个非常好的天气。湖水涨起来了,变青了,像死人的脸色似的。我看到阿列克谢·伊万诺夫,亲爱的客人,坐雪橇到我这儿来了。第二天无法上路,因为冰融化了。他只能在我这里做客过节。大星期五①我对自己的公爵夫人说:'我们拿什么给客人吃呢?可以去打雄松鸡,可是我怕在大星期五犯下罪孽。''没关系,'她说,'去一趟,试试运气。'我和她过得很和睦!我画了十字就到树林里去了。树林里的雪比较厚。开始出现融雪。有的地方雪化了,有的地方是雪堆。雪堆上了冻,像纸一样光滑。我看到一个大雪堆倾斜了。我开始走过它,突然我的腰仿佛被抓住似的,无法移步。嘿,没关系,我对付过去了,就走雪融了的地方,就像走在桌布上一样。

"我听到雄松鸡发情的鸣叫声。天已经亮了,朝霞照得暖烘烘的,针叶林是被烧过的!我看到远处有一只雄松鸡正对着朝霞,它又大又黑,像是板条钉起来的一只篓筐。我不出声地走过枯树、倒树、连根拔起的树,偷偷走近它,不让树枝发出咔嚓的声音。而它待在那里,发出求偶的啼鸣。它不叫时,我就停住,一动不动,它一叫,我就又偷偷地走近去……我刚结果了一只,另一只在不远处又叫起来了……在基督复活节我就这样招待了客人……

"我们过去就是这样生活的,你喜欢吗?"老人最后说。

---

① 指复活节前的星期五。——译注

老人越是深深地沉湎于过去的时代，它对他来说也越觉得可爱。父辈、祖辈、达尼洛夫修道院的苦修者、索洛韦茨基修道院的苦行者、神圣的长老都是他所怀念的，而在远古时代还有光荣而强壮的勇士。

"这些勇士是什么样的人？"我问。

"那你就听着，我来给你唱唱他们。"老人回答说。

他用钩子穿进兜状渔网的扣环，就唱了起来：

> 在基辅京城里
> 在温和的弗拉基米尔公爵家……

当我在岛岸上，面对着这个吟诵老人开始自己生活的那棵松树，第一次听到壮士歌时，我难以表达充溢心头并把我不知引往何处的那种心情。刹那间我仿佛被带进了一个童话世界，在那里这些勇士们在无边无际的广阔平原上骑行，平静而平稳地骑行着……

> 聪明人吹嘘有金银财宝，
> 没头脑的夸耀年轻妻子。

老人停了片刻，在这些话中，他这个一家之长看到了某种特别的涵义。

"你听到了吧，没头脑地夸耀年轻妻子。"

他又接着唱：

一个好汉不吃也不喝，

　　白天鹅他也不去伤害……

老人唱了很久，仍然没有唱完壮士歌。

"那么伊利亚·穆罗梅茨怎么了？"注意听唱的男孩，未来的吟唱者问。

"伊利亚·穆罗梅茨变呆了，因为他吹牛说骑马穿过了基辅岩穴。"

"那么多布雷尼亚·尼基季奇呢？"

"多布雷纽什卡在基辅城下跃过了石头，环钩钩住了他，他立即就死了。"

"什么环钩？"

"难道你不知道，勇士有什么样的环钩吗？是钢环钩。"

他说的有关钢环钩的话用的语气，使我不由得问：

"难道真的有勇士吗？"

老人感到吃惊，马上又快又热烈地说起来：

"我在这首壮士歌里所唱的，每一句都是真真实实的。"

接着，他想了一会儿，又补充说：

"要知道，他们，就是这些勇士，大概现在还有，只不过不露面罢了，生活已经不是过去那样了，难道现在勇士还能露面吗！"

这时我明白了，为什么中学时代觉得非常乏味的诗歌在这里却完全吸引了我的注意。人们相信他所唱的。

森林猎人

> 那里,在无人知晓的小路上,留着从未见过的野兽的踪迹……
>
> ——亚·谢·普希金

过去野兽曾经是人的最可怕的敌人,这一点我们全都知道,而且通常都认为这个时代早已过去了。那个时候在俄罗斯花两三天时间就可以到能观察人与兽搏斗的地方。在北方熊和狼经常毁灭人付出巨大劳动才得到的一切。因为没有母牛和马匹而要务农是不可思议的,在这些地方的地方自治局仓库里卖的不是镰刀和犁,而是猎枪和火药。那里每打死一头熊和狼就颁发奖金,这种情况下猎人要在地方自治局给大家看野兽的尾巴和耳朵作为证据。后来,则作为证据在地方自治局会议上出示。

我们的打猎爱好者本来应该到那里去,帮助居民与野兽作斗争，但是打猎爱好者通常迷恋的是别的完全相反的事，不会去那么远的地方，也许，正因为此他才是猎人。

不过，最好还是由我的同路人上校老头来讲打猎爱好者的事。我与他在奥涅加湖上同行，直至波韦涅茨。在轮船上他不停地照相，引起了我的注意。当他知道我也是个摄影者时，立即就做了我的朋友。与他在一起的还有个秘书，他告诉我上校的嗜好。

"嗨，您与上校走到一起了！您知道，上校一年花在摄影上的钱达五百卢布，他什么都照，只要能照，便乱照一气，照的这一切没有任何用处，他甚至也不都洗出来，您要知道……

"您会感到惊讶的：这种嗜好是来自于……熊。他是个酷爱猎熊的人，一生中大约打死了四十三头，有一次甚至被压在一头牝熊下面，您请注意：他的小坠子上挂的就是这头牝熊的牙齿。但是现在在彼得堡附近猎熊涨价了：每普特熊窝要收十个卢布，要付给猎人钱，加上路费，这样一头熊就要花费五百至七百卢布，最终上校财力有限，他已无力打猎了，这样他才干起摄影来。有时我觉得，每按动一次照相机的快门上校就小心地体验到扣动扳机时的快感。近来他做出这样一个发明：您知道吗，他把照相机装在猎矛上，您想，为什么？别以为，这是我编造出来的，上校认为，当他准备射击时，庄稼汉将拿着装了照相机的猎矛准备好，在熊站立起来那一刻就拽一下细带子。现在我们到北方去办事——检查武器，但我肯定，上校图谋的是找到便宜的熊窝……"

而上校本人对我讲他自己的事是这样的：

"您知道吗，我最害怕的敌人是什么？……是报纸。我既不怕子弹，也不怕熊，却承认害怕报纸，这是个可怕、狡猾、到处扩展的敌人。它会钻到您的节日、您的日常生活、您的家庭里来，破坏最平和、美好的心境。我现在多么幸福，可以整整两个月不去读它了！我是为了躲避报纸跑到北方来的……几乎从孩提时代起我就强烈地喜爱打熊。现在我老了，但是还像青年时期一样，熊活在我心中，甚至更深地烙在我心上，您瞧瞧……"

在上校的项链上挂着熊的一颗大牙，边缘稍稍有点损坏……

"您看见了，熊的牙齿也会腐烂……但是您知道吗，为什么对熊的眷恋会随着岁月逝去而加深？是因为，我的爷，这是一场精神搏斗。常常是你拿着枪躲在树后，它从熊窝里奔出来，把雪刨成一团，扬起雪尘，它立即就会站起来，非常可怕！在你对面是一张可怕的血盆大口，挂着舌头，呲着牙齿，它站着，再过瞬间，就来抱住你……你站在它对面是那么渺小：就像我在这里，你在对面，我们进行搏斗……真是凶狠的野兽，可怕的野兽……但它是高尚的！它不诡诈，一点也不！可是它非常神经质！稍有一点声响它就会战栗和逃跑，它从不无故碰你，但是如果你全然妨碍了它，那它无论如何也会公开直接地跟你干的。"

在我到了这个地方后，我就清楚地想起了与上校有关熊的这场谈话。这里的人们打猎不是出于嗜好，而是出于生活必需。在这里熊之可怕是因为"它扳倒牲口"，就其本身而言，它对人倒是不会伤害的。这里的人们猎熊有时就带一根冰镩，在树林里面对面遇上了,就跟它聊聊、骂骂。米哈伊洛·伊万内奇①常常光顾维戈泽罗,光顾许多岛,但是它真正的住地跟所有的野兽一样,是在湖的东岸,那里多少被砍伐过的树林渐渐地变成了阿尔汉格尔斯克省的原始森林,这里各种走兽:熊、犴、鹿深居简出,繁衍生长,熊也是从这里对维戈泽罗的畜群进行袭击。住在维戈泽罗附近的人部分地也从事打猎,但是一般称他们是渔民,因为他们主要的营生是捕鱼。这里的人虽然也从事捕鱼,可是被叫作森林猎人,也就是猎人。这些森林猎人生活在湖畔林中的小村子里,他们与外面世界的联系就靠步行和一些勉强可见的小径。冬天他们滑雪,用小雪橇运送物品,夏天在这里常常可以遇到有人背着五普特重的面粉袋在长满苔藓的沼泽地上行走。离维戈泽罗湖最近的村子是普洛泽罗和希若泽罗,我决定去住一阵的就是这两个村,以便了解真正的森林猎人的生活。值得注意的是,即使在这样荒僻的村子里,到那里步行需走三十俄里左右,居然也有一些教五、六个人识字的小学校,这种学校里的老师得到的薪俸是十个卢布,他们也要打猎和捕鱼。我亲眼见到,他们中的一个在维戈泽罗的乡村教堂结婚,后来新婚夫妇拿着高筒靴走苔藓地和沼泽地去"新郎家"。

当地有名的森林猎人,典型的打野兽的猎人菲利普自告奋勇送我去希若泽罗。我发现,所有的猎人分成两类:一类主要猎小动物,一类则打"野兽"。前者往往是些爱打诨的人,

---

① 俄罗斯民间对熊的称呼。——译注

会讲故事，多半比较开朗，艺术感悟力较强；后者稳重，有时显得阴沉，寡言少语。我的向导菲利普在日常生活中大概是个话不多的阴沉的老人。但是过去所有的老人都存活着活泼的心弦，通常是对年轻人隐藏起来的。您触动它们，老人就活跃起来，他会回忆往事，会像艺术家那样绘声绘色地叙述，末了他还深深地感谢您，因为您的到来激活了他那濒死的心灵。

"嗨，那都是不久前的事！"当我和菲利普背着背筐，肩挎猎枪，清早走进森林后，他便开始对我讲起自己过去的生活，他讲了一路。因为不习惯走那样的路，路显得很难走，起先仿佛能看到类似一条很好的路径那样的路，但是后来树林留在我们后面了，小径也消失了，只有被践踏过的青草，而后来似乎完全没有踪迹了，但是森林猎人依然走着，也不朝脚底下看，他有非常好的指南针——树木：北边的树枝长得不好，因此他能毫不出错地根据树木来确定南北方向。他不时地看看树木，就把我从树林中带到林边空地上。这是什么？又明亮，又辽阔，仿佛是自幼就熟悉的广阔的黑麦地。刹那间，压抑、沉重、阴郁的北方森林景象变得自由、轻松和温暖，但是这仅仅是一瞬而过、偶尔有之，并非是这里的感觉。猎人带我来到的这块林边空地根本不是黑麦地，而是更为荒僻、泥泞、几乎难以通行的地方：这是长满苔藓的沼泽地，地上明显地可以看到陷进泥泞又拔出来的脚印。在一些非常泥泞的地方，甚至看到放着便于通行的树木，我们时而走在这些树木上保持平衡，时而齐膝陷进稀烂的沼泽地里，终于通过了这个艰难的地方，进入森林。长满苔藓的沼泽地有时绵延一俄里、两俄里，它是最难通行的地方。森林猎人认为自己的路就是从苔藓沼泽地到苔藓沼泽地。如果远处没有苔藓沼泽地，他能根据影子来确定时间。他用臂肘来测量影子，走到林中空地上，他一眼就知道，这个影子有几个臂肘长：五个、六个、更多或是更少；这样他就知道从太阳升起过去了多少时间，到日落还剩多少时间。

"哎，这都是不久前的事了，"菲利普对我说，"我这一生就是在树林里走！因为滑雪行走，到现在两条腿还疼痛。"

菲利普还是个孩子时就跟着父亲开始去森林，起先只是去设陷阱和放套索的地方，收取被困在这些陷阱和套索里的野禽。他的父亲虽然也是个稳重、"独立的"人，因此也喜欢猎"野兽"，但是像世上所有的人一样，他并不总是只做一件喜爱的事。对于森林猎人来说，打猎并不是消遣，而是他们赖以生活的事。

秋天一大早，有时往往是夜里，猎人就带着儿子出发去森林。他们随身只带刀、斧和火镰。不论什么情况他们都不带面包和吃的东西。在家里一定吃个"双份"，也就是比平时多吃一倍，这样做是为了在森林中收取野禽时不吃东西。森林猎人到陷阱和套索这些地方去，是避免在林中吃东西的。

"为什么要这样？"我问菲利普。

"上帝知道！但是大家都这样做，而米库拉伊奇——我们的巫师说，你在套索那里吃东西的话，各种各样的鬼怪、野兽、老鼠、乌鸦就都会来啄鸟。"

没有巫师森林猎人简直就无法生活。他们从巫师那里得到许多实际的忠告。比如，巫师从来都不主张节日时去森林，不然会发生许多不吉利的事。

"有一次我父亲在针叶林里设陷阱的地方狩猎。针叶林里很——亮——堂！他看见，前面有个庄稼汉，是瓦西里，还带着个小伙子。父亲就喊：'瓦西里，瓦西里，等着我！'可是他们像是没听见似的仍然走着，自顾自在商量着什么、笑着。父亲赶着他们，他们始终在前面。父亲画了十字，想了起来，这是节日，是圣母诞生节。上帝这是告诉他，节日不能在林中打猎。"

这就是为什么父子吃了双份粮后一定是在平日出发去森林的原因。

但是去森林之前吃双份粮，选个平常的日子还不够，除此之外还必须背诵从那个巫师那里学来的对乌鸦的咒语，不然的话乌鸦一定会啄食套索中捕住的鸟儿的。猎人们深信咒语的神圣力量，便低语着：

"为了父亲、儿子、圣灵，我，上帝的奴仆，就要到旷野去了。我将脸朝东、背朝西。飞来一只乌鸦、妖鸟。'上帝的奴仆，你要去哪里？''我去放套索！''带我一起去吧！''你有斧子吗？你有刀吗？你有火镰吗？''没有'。'你不是我的同伴。你飞离我吧，飞到遥远的沼泽，飞到遥远的地方，那里有魔鸟，它做好了食物，为你这恶鸟准备了午餐。阿门。'"

起先他们走的是大家都走的小径。但是走了两俄里左右，在做了标记的歪斜的松树附近，他们就拐向一边了。经过二十沙绳光景，又有一棵有标记的树，那里开始有一条勉强可见的小路，设了套索的路，除了他们谁也不敢走这条路，这是大罪过。设置了无数个套索的这条路是从已故的父母那里继承过来的，这是他们的私有财产，并将一代一代传下去。

沿着这条路猎人很快就走到一棵熟悉的树跟前，这棵树的根部可以看到有一块盘子大的地方，上面撒满黄沙，因此在绿色苔藓的背景上很是显眼。这个地方很能诱惑黑琴鸡、母黑琴鸡、雄松鸡。在这个地方鸟禽休息、打滚、取暖，特别是树木之间有阳光照进来时，那是非常舒适的。"他们喜欢在温暖干燥的沙子上待着。"菲利普指着林中这些地方说。鸟禽休息好了，想换到旁边一个地方，但是它的路上有一根弯曲的拱木，上面挂着捕鸟网。鸟禽无论从右边还是左边都过不去，因为两边都巧妙地用干树枝设置了障碍。于是鸟禽就只能进入捕鸟网了。落入这些网中的鸟禽还有希望：如果它疲乏了，不再挣扎，那么套索会自然而然地松开。但是多半是些无法挣脱的套索：那就是样子像弹簧的一根杆子，它那轻巧的一端就靠近地面，下面有同样的装置支撑着，像捕鸟器那样，它的一端系着网。杆子粗的一头挂在空中，如果鸟禽碰到轻的一头的钩子，就会塌下来，而当重的一头落下时，鸟就朝上飞，就落入网中了，还有的捕鸟器比较差，那里有石头砸向鸟的头部。

就这样，猎人走到设陷阱的地方，取出鸟禽，整理好套索，用松针将它固定在鸟禽必走的路上。他们也没有忘记在套索旁一根线上挂上一块小木片之类的东西驱赶乌鸦，因为乌鸦害怕任何装置，就不会来啄食被逮住的鸟禽了。猎人弄妥了一处套索，就向下一个有套索的地方走去。他们能收集到许多鸟禽，背着非常沉重。于是他们就选择一棵合适的松树，把鸟禽挂在树上，然后继续向前走去。天黑下来了，很难看清和辨认地方。男孩四处张望，他很害怕：树后出现一些可疑的毛茸茸的庞然大物，仿佛有许多熊从林中四面八方窜出来，站立起来，但这只是男孩这么觉得而已。他父亲是个有经验的猎人，他知道，熊无缘无故是不会站立起来的。这不是熊，而是被风刮倒的树木那巨大的树根，它被拔出时带了一大团土，后来长满了苔藓、蘑菇和地衣。这不是熊，但是老猎人还是仔细察看一番：这丝毫也不奇怪，因为米哈伊洛·伊万内奇正从设了陷阱的路的另一头走来，它也在收取鸟禽。猎人就转向一边。就是这么回事。他们面对面相遇了，往后跑是不行的，因为熊知道猎人胆小后，立即会赶上来，把他咬死。熊同样也在想：它乐得人逃跑，不然它也怕人。

"你该死，你这恶魔，我现在不需要你，"庄稼汉想，"我既无猎枪，也未带狗。"

"我也不需要你，"熊在想，"可是我一转身，你就会击中我。"

就这样他们面对面相持着：庄稼汉在松树旁，拿着斧头，他对面是站立起来的熊。

庄稼汉用斧头发狂地敲着松树，同时用足力气高喊着："哼，恶棍，丑脸，滚开！"而熊站立起，吐出舌头，从嘴里冒出泡沫，爪子抓住树墩，扔向庄稼汉。熊和庄稼汉长久地相持着互不相让，庄稼汉用斧背把松树打掉了一半，但是上帝替人征服了熊,它逃走了,猎人们接着前进。天已经完全黑下来了,森林中雕鸮啼叫,谁的狗也吠了起来,树叶也发出沙沙响声,林中所有的精灵都动起来了,猎人已经不再收取鸟禽了,他们只想到达自己的林中小屋。他们终于到了,这正是像童话中的那种小屋,确实,它不是架在鸡腿上的巫婆的小屋子,也不会向各个方向转动,但是其他方面它一点也不比亚吉尼什娜的小屋子逊色。小屋子没有烟囱,烟直接从门里放出去,因此进门处就像是个黑洞。门口有烧黑的石头和春天留下来的瓦罐,当时带着猎枪在这里打雄松鸡和煮食物。猎人来了后,生起火取暖,烤暖了身子就躺下睡觉。而树林中风在呼啸,一切鬼妖都在咝咝作声,突然传来清晰的狗吠声。

"爹,听见了吗?"

"听到了,听到了,别动,让它们走近些。"

狗吠声越来越近了……石头上的瓦罐蹦了起来……木板吱嘎吱嘎作响……有样东西从屋顶上掉到小屋里。

老猎人立即奔出屋外,开始咒骂,咒骂!……

森林里他奔跑着,弄出声响,击着手掌,发出笑声:哈——哈——哈!……

后来男孩还听到,有人吹着木笛,走近小屋,又向林中走去,但是父亲什么也没有听到,他已经睡着了。

早晨猎人和孩子原路回家,随身拿下挂在树上的鸟禽,卖给"有钱人"。过了多道手,这些野禽的价格涨了两倍,三倍,最后卖到彼得堡,人们在舒适、温暖、明亮的房间里把它们吃了。

据猎人所见，虽然用套索勒死的鸟禽比用猎枪打死的鸟禽要好，因为没有枪伤能保存时间较长，但是"有钱人"却鄙弃前者，他们要猎枪打死的鸟禽。此外，近来行政当局不无理由地开始限制用套索捕鸟禽，因为这样许多鸟禽会无辜死亡。猎人在有套索的地方走上一阵，就把它们留到后面的秋天，而套索则继续勒死鸟禽，那就完全是不必要的了。因此用套索捕鸟禽这营生年复一年在减少，只有在阿尔汉格尔斯克省的荒僻树林里还保留这种原始而单纯的捕猎方法。但是带猎枪和狗打猎依旧非常盛行，甚至由于地方自治局推广廉价的霰弹枪而更加多起来。

不过，在我们到过的那些地方，霰弹枪很少，大部分猎枪是单发枪，有的甚至是火枪。

"唉，那是不久前的事！"菲利普继续对我讲打猎的事……他和父亲也打算带猎枪和狗去打猎。现在已经必须在背篓里带上鱼肉馅饼、煎饼和其他食物，因为要在树林里走很长时间。打猎前男孩修背篓，父亲则擦猎枪，有时候父亲在擦枪时想起了去年他用这把猎枪打死了渡鸦、乌鸦和其他一些坏鸟。这时他必须去米库拉伊奇巫师那里洗枪，不然的话他就射不到鸟或者打不中。所有这些预防措施都做了以后，就只要叫上狗，去树林。一条好狗，卡累利阿的莱卡狗，对于猎人来说无异于一头母牛对农夫的意义，无论出多大的价钱他都不会把好狗交出去的。好的狗遇到林中的一切动物：鸟禽也罢，松鼠也罢，熊也罢……都应该迎头而上，这样的狗无论什么地方都是买不到的，需要从小狗里挑选，这个时候巫师又能提供帮助。不过，除了巫师每个人也都知道，去追踪鹿的小狗的嘴与鹿的嘴是一样的，它们与鹿一样牙床上有红条纹；要去追踪鸟禽的小狗，它们嘴中与黑琴鸡一样有隆起物；几乎所有的狗都会去追踪松鼠，但是只有好狗的嘴是与松鼠的嘴一样的。总之，猎人们相信，上帝在创造世界时对于带着卡累利阿的莱卡狗去打猎已经规定好一切了！

猎人们一定得很早就离开家，因为被狗赶起来的鸟禽停栖在树上，那时露水还没有消失，也没有太阳，鸟禽是不会停在干树上的。他们走进树林，刚才还见到狗，一下子却不见了，但是猎人并不担心：他有要干的事，狗也有要干的事。如果很长时间还碰不上鸟禽，它会跑来让主人知道的：垂下自己那像黑麦穗般向上翘的耳朵，尖叫着，如果主人坐下休息，它就躺一会儿，然后又消失了。最后猎人谛听着并对自己说："它在叫"，"这是对鸟禽吠叫"，他拐向一边，料想着，"对松鼠不大吠叫"。

"咯，咯，咯……"可以听到松鸡的不安叫声。

声音是从密林里传出来的，在树林里回响着，假如没有狗吠声，那么很难确定声音发出来的地方。但是根据狗叫的声音猎人就能猜到鸟正是停在某个树丛中，于是已经能想象到猎人所熟悉的景象了：在树的上方停着一只大鸟——母松鸡，它低下头朝下望着狗，狗把鸟的注意力吸引开而不会发现猎人。松鸡一直咯咯叫，让小雄松鸡和母松鸡听到，在灾难没有过去前，别飞远了，乖乖地待在原地。这种紧张状态不会持续很久，这就是为什么猎人拨开树枝，急忙安好支架，然后放上猎枪，以便更好地瞄准。这种情况下他必须用一颗小小的子弹射中松鸡，春天里，雄松鸡啼鸣不停，可以射不中，鸟反正听不到射击声，不会飞走；但是现在不放心的母亲会立即飞走并把所有的孩子带走。猎人瞄准了很长时间，好几分钟，结果射得很准。母松鸡被打死后，得"收拾它的孩子"。这已经是简单的机械性的活儿了：只要很细心地察看树木。笨头笨脑的小松鸡停在那里，低下头，仿佛在紧张地倾听，等待着危险降临，直盯着猎人看。如果猎人没有打中，小松鸡会更可笑地弯下脖子，但是并不飞走，这样慢慢地所有的小松鸡就都被打死，猎人就继续向前走去。

猎松鼠现在还为时太早，它的毛皮还不值钱，所以要再晚些时候打它们。这活儿也有不少困难。首先是要找到它们。有时候为此要走许多路，最后狗叫起来了，叫得发狂，要蹿到树上，但是它所能做到的只是站立起来，前腿抓住树干，猎人从容地走近来：松鼠不会跑到哪儿去，狗也不会放弃它。猎人走到树跟前，望着树，绕着树走一圈，但是没有看到松鼠。他确切知道松鼠在树上，但是究竟在哪里，他却看不到。他试着用斧头敲树，想把松鼠赶出来，但是仍然不见松鼠。最后无计可施，只好砍树。他从腰间拨出斧子，灵巧而熟练地砍起七八俄寸粗的大树来。他的盘算很简单：松鼠值二十戈比，而树却一文不值，花十五分钟就砍倒了。树倒下了，松鼠跳到另一棵树上，消失了，大概躲到树穴里去了。第二棵树又倒下了。往往打死一只松鼠要砍倒十棵甚至更多的树木。以我们的经济目光来看，这是多么野蛮的砍伐呀！但是在那里，在树林里，一天中猎人十分费劲才能找到十只松鼠，砍下的树木就像沧海之滴水，在没有价格可言的大片森林中是算不了什么的。

打死一只松鼠，意味着口袋里就有二十戈比，就可以坐下来歇歇。狗躺在脚边，望着主人用芬兰刀以习惯的动作剥着皮，它能得到肉吃，如果主人性急，不剥皮，那么起码也能有爪子啃。

就这样一天渐渐地过去了，猎人带着十只松鼠和几只小松鸡回到林中小屋，他们吃点东西就睡觉，到第二天便又去林中找松鼠和松鸡。

☆ ☆ ☆ ☆

老猎人菲利普结实粗壮，白眉毛垂了下来。他根本不认为这一切是打猎。带着狗去林中打松鼠和鸟禽，这是"以林为生"。所有的猎人都喜欢春天禽鸟发情时打松鸡，在他看来连这也不是打猎。"要知道，打猎之所以是打猎就因为是凭自愿，凭愿望。"真正的打猎——这只是指打野兽。没有对打猎的喜爱，没有特别的能耐，要干这事是不可能的。现在的人弱小力虚，越来越少的人能做到了。

"他们以为，"菲利普说，"森林里野兽变少了，别相信他们，野兽全在这里，只是需要找到它。来吧，我马上就给你找到犴、鹿、熊。唉，走啊走，走了一辈子，因为滑雪行路，到现在腿还痛！唉，这是不久前的事！你在森林里走，就能碰到各种名堂，它喜欢开玩笑呢。"

森林猎人 | 125

当父亲带着儿子打野兽时，他就常常开玩笑。

有一次，菲利普对我说，"我们在树林里走着，白天过去了，什么都看不见。我们已经向林中小屋方向走去，要在那里过夜。经常会发生不能一下子到达那里的情况，有时候要走错路约五俄里。我们走的是冬季道路，却不见林中小屋，就是看不到，而这时在我们身后仿佛有人在奔跑，还拍着手掌！我们骂他，他就跑掉了，又走了二俄里左右，我们看到，一只鹿在奔跑。我们开枪打它，我向它奔去，我看到，爹站在鹿旁边，手支着猎枪。我走近了一看，既没有爹也没有鹿，看来，是产生了幻觉，而这时天开始黑了，我有点弄不清楚，该往哪里走。我边走边喊：'爹，爹！'而天气变得很不好！我看见，父亲带着狗走着并喊着，好像是自己的父亲，我一看，从孤林那边走出来的也是父亲，在喊我，而另一个仿佛消融了，失踪了。"

这种情景菲利普记得的有无数，但是他坚决相信：一是祈祷的力量，二是咒骂的作用，三是巫师的劝告：在树林中什么也别怕。

冬天时父亲带儿子去猎狴和鹿。夏天很难找到它们：它们躲在密林、难以通行的荒僻地方、小溪旁边。往往很少看到鹿仰着长角的头奔跑或者母鹿走到林中空地上啃草吃。只要手稍稍动一下去取猎枪，小鹿马上就转过脸，竖起在阳光下看起来血红的耳朵。扳动一下扳机，"碰响"一根树枝，它们就奔到密林深处去了。夏天也难得看到狴，只是偶然碰到，且总是出乎意料的。有时候猎人在河上划着船，突然从岸上的密林里伸出一个长角的大头来，又隐藏起来，只有树林发出沙沙声。

不，只有在冬季才能猎野兽，是在斋戒前后，那时太阳照得比较亮，也晒得比较暖，开始"下蒙蒙细雨"，也就是在雪地上结起了冰皮。

父亲带着儿子在雪面冰层滑雪而行。他们寻找足迹，树林中有各种各样的足迹：从仿佛是拉长的项链似的完全是小动物——白鼬、艾鼬、伶鼬——的小脚印，到"像是穿着暖和的靴子"似的米哈伊洛·伊万内奇（如果惊动了它，把它从温暖的洞穴中赶出来）的大脚印。但是这些引不起猎人的兴趣。突然他们看到林中雪地上有一片黑地。这意味着，这里到过一群鹿，它们用脚刨开雪，找白苔吃，在这种地方树上也不再挂着地衣，这些都被鹿吃掉了，而这是犴的大脚印，猎人们主张追踪犴，立即就开始了真正的打猎。他们迟早都会赶上犴的。他们的优越之处在于滑雪板在雪地里不会陷进去，而犴的脚会陷进去，会被雪面坚硬的冰层划破。猎人们滑着雪跑啊跑，有的地方滑下来，有的地方滑上小山岗。天开始黑了。

很少有这种情况：在雪面冰层上打猎时像秋天那样要在林中小屋过夜。通常猎人们就在露天过夜。他们砍下两棵树，把一棵放在另一棵上方，它们之间则尽可能多地放上树枝，干枝，蘑菇，点燃枯枝后，随着它燃烧两棵树就越来越挨近，慢慢地也照样阴燃起来。这样的篝火可以烧很久。猎人们在篝火边的雪地上铺上厚厚一层针叶，选择小枞树林荫道作自己的另一面，即篝火的对面，然后就躺下睡觉。"就这样在篝火边暖暖地美美地睡上一觉，第二天早晨都不想起来，"菲利普对我说。

第二天早晨他们又追踪足迹而去。①会碰到别的猎人也追踪同一足迹，那么大家就一起寻觅，打死了野兽大家平均分。有时打死的犴和鹿非常多，以至于腌起来盐都不够用，于是就拿兽肉换盐，一俄磅换一俄磅。

☆ ☆ ☆ ☆

除了犴和鹿，也猎狼獾、艾鼬、水獭、白鼬，当然，还有熊。不过，熊不同于那些动物，它特别珍贵，一方面，熊正是猎人说到"野兽"时心中所想的动物；另一方面，它又仿佛不是野兽……而是妖魔……菲利普对我讲熊的事，要我相信，熊从来也不碰婆娘。

"为什么？"我问。

"这只有它知道。有时会有这种事：婆娘背着猎人，只不过不常有。"

"那它怎么知道，她背的是猎人，而不是未来的'老婆'呢？"

"它就知道……真是个妖魔……"

但是，菲利普说，熊不会平白无故地伤害人，上帝替人征服了它。只不过要是触犯了它，惹它生气了，它立即会揪下你的脑袋。特别危险的是遇到带着小熊的母熊；小熊跑向猎人，表示亲热，这跟狗一样，可是母熊为它们担心，就可能把猎人撕碎。菲

---

① 此种打猎方法现已为法律禁止。——原注。

利普有过许多次这样的遭遇,但好歹总是摆脱了困境。

"有一次,"他对我说,"我沿着设套索的路打猎。嘿,可好,我跪着在把套索整好,却听到地上咚咚的声音。我一看:两只小熊,后面还有一只幼熊,最后面是一只母熊,它站立着,前肢挥舞着。这时我似乎有点呆,我立即站起来,用足力气叫喊:'谢尔科,谢尔科!'可是这里哪有谢尔科,他去看别的下套索的地方了。这些小熊一跳一扑的,它们后面跟着幼熊,而母熊就站立着,我就朝它左肩打了一枪,嘿,它就跟在它们后面跑了。"

菲利普顺便讲到的这一件事是他经常遇到的一种典型的遭遇,作为对比它也使我想起了在奥涅加湖上与上校的谈话。我回忆起,上校讲到,在他背着猎枪站着,而身后是手持猎矛的庄稼汉时,他是什么感受。这时不能用猎枪,没有狗,几乎肯定要死,全部的感受他只用一句话来表达:"我似乎有点呆",我对菲利普说,在彼得堡一头熊能付给猎人五百卢布,这样的猎人很多。"那就把他们指引到我们这里来!"老猎人大声说,并对我讲了他怎么在熊窝里打死一头熊的经历。

"这是去年洗礼节的时候。一个农民雇了一个庄稼汉当哥萨克①运圆木。这个哥萨克到孤林附近去砍树,砍啊砍,竟掉进了熊穴。年轻的庄稼汉非常矫健有劲,他抓住一根树枝,跳

---

① 我想把"雇人当哥萨克"这一奇怪的说法与有关老爷的传说联系起来。哥萨克长久地抢劫当地居民,为躲避追捕而藏匿起来,后来他们自己依附于居民。有人告诉我,在古代,农民把这些藏匿在树林里的人套上犁以替代马使。——原注。

了出来，上帝拯救了他。嘿，这下好了，他对我们讲了这事，我们齐口表示同意去猎熊。伊万拿了车辕，米龙拿了冰镩，我拿了猎枪，我们寻找熊窝找了好久，按照别人的指点不大容易找到，我们从别的方向看，发现雪地上方在冒气。"站住，伙伴们，熊窝！我说，你，伊万，到哥萨克掉下去的熊窝那里去，从上面用车辕去惊扰它，你，米龙，拿着冰镩站在我后面，而我就第一个开枪。"熊窝的出口用树木围了起来，以防熊一下子就逃脱了。于是伊万就开始用车辕逼它出来。第一次伸进去——没有动静，第二次伸进去——没有动静，第三次一伸进去，就露出了头，砰！猎枪没有打中，而米龙拿着冰镩像被钉住似的站在那里不动。我看到，狗向熊奔去。我怜惜起猎犬来——熊会抱住它，不为什么就赶在前面抓住它。我从米龙那里夺过冰镩，捅进它嘴里，伊万扔掉车辕，用斧子打它的鼻梁。我们打死了熊。我们听到，熊窝里还有熊，它在不慌不忙地吼叫。我们就用东西去捅它，它就吼得凶起来。我们把母熊从窝里拖出来，一看它还带着一只幼熊，像猫似的。

"难道冬天母熊还会生熊崽？"我问。

"熊仿佛感到死亡在即，总是在冬天，洗礼节时生小熊。"菲利普有把握地回答我。

菲利普对我讲了许多熊的事，他告诉我，他遇到过熊的发情期，看到两头熊你死我活的搏斗，最后一头咬死了另一头，还刨了个坑，把被咬死的熊埋在里面。他说，熊在树林里用脚跟走路，小心翼翼地，因此不会弄出树枝的响声，它就这样偷偷地走到地里，吃没有收割的庄稼。说到他自己与熊交锋的事，菲利普很平静，讲完时总是说上一句："上帝替人征服了它。"但是一讲到熊是牲口的克星，他马上就显得忧心忡忡。他说，这事要有巫师。在讲完每个故事后，也说："不——没有巫师，猎人是不行的。"不过，有时候祈祷、许愿也有用。有一次熊扑倒了菲利普的牲口，后来又害了伊万和米龙的牲口，他们就在山沟里放上"整好的枪"，也就是上了膛的猎枪和某些装置，熊到山沟里来，只要稍稍碰上，猎枪就会打响，放上猎枪后，马上就许愿把这只熊的皮捐给教堂。夜里三支猎枪都响了，但是却未见熊。他们想，这是乌鸦碰上了，但是过了两年光景，牧童在不远处找到了熊头，皮则已腐烂了。没什么可用的，许的愿就做不到了。菲利普、伊万和米龙做了祷告，每人捐一卢布给教堂，这事就算了结。

　　但是在要受到侵袭的牲口旁逮熊最平常的方法就是用捕兽器和捕兽板。捕兽器是两块带尖齿的弧形重铁，形状象嘴巴，啪的一声能合上，而捕兽板是块木板，安放在靠得很近的两三棵松树之间。猎人拿着猎枪就坐到要受到侵袭的牲口旁的木板上守候熊。他坐在上面，当然并不是因为怕熊，而是免得风把人的气息传到敏感的野兽那里。依菲利普所见，熊不仅能确切地感到有人，甚至还知道人的踪迹。为了除去足迹，到捕兽板这儿要来两个人，等一个人爬到木板上了，另一个就离开，回家路上还故意弄出声响，叫喊，让熊知道，猎人已经离去了。而坐在捕兽板上的那个猎人不能发出一点声响，要敏锐地看着，因为熊走路非常轻，不大能听到它的声音：不会弄出一根树枝的断裂声。熊不走到捕兽板就老远能闻到猎人的气息，因此猎人应该从远处发现和注意它，注视它的所有动作。常常要守候几夜，最后他看到它抬着头，朝周围张望，拖着大肚子缓缓而行。猎人尽可能让它走近些，然后再开枪。

但是经常有这种情况：猎人在捕兽板上坐上一星期也没有熊来。为什么是这样？因为这熊"受到巫术的控制"，菲利普相信这一点，某个恶巫生气的话，就会让熊去吃牲口。

巫师在猎人的生活中起着重大作用，因此我需要详细一点来说说他们。

巫　师

有一个天使起来反对上帝，其他许多天使与他站在一起，于是上帝就把他们逐出天堂，在天上受到排挤的起义的天使就向下飞。其中一些天使被狠狠痛打过，和自己的首领撒旦跌落到地下王国——地狱，另一些天使掉到地上，有的在水里，有的在屋子里，有的在树林里。

奥隆人就这样对自己解释林妖、水怪和灶神的来历，他们虔诚地相信它们。

在波韦涅茨时，由于这种信仰我已经有过一些不愉快事。在那个小城镇没有旅馆，我只好在客栈里下榻，因为是在夜里，所以敲门敲了很久，最后总算给我开了门，安排我睡觉。半夜里屋子里顿起一片惊慌，把我吵醒了，原来是一头羊死了，伤心的主人忙乱着，早晨醒来后我听到女主人与人在外屋讲话。

"他到我这里来，样子很可怕，长得又高大，'喔咦，阿库林奴什卡，'他说，'不亏损是摆脱不了的……'我听到,窗下有人在敲窗,我就叫喊着:'你们这些教徒要干什么?''过夜。'他们说,我安排他们躺下。我刚躺下,他又来了:'喔咦,阿库林奴什卡,不亏损是摆脱不了的。'我马上就起来,点燃松明就到畜牲棚去:一看,羊躺着堆得高高的……"

就这样我一开始就掉进了巫术圈,主人对我斜眼相看,皱起眉头。

有一天我把这离奇事讲给一个乡村医生听,这是个有思想的优秀的年轻人。

"这不算什么,"他说,"要是您知道我就跟这些迷信做斗争就好了!他们每个村都有自己的名人:季科夫尼齐村有鱼巫师,科罗索泽罗有牲畜巫师,我们有枪巫师和结婚巫师。还有多少巫医和占卜士啊!"

"您怎么跟他们斗争呢?"我感兴趣地问。

"碰上就斗。前几天有个庄稼汉到我这儿来止血:有人拿斧头砍断了他的一根血管,巫医什么都不会医,我马上派了守卫把他们这里所有的巫医和巫师召集来,让他们来止血。他们来了,却谁也不会。我放一点三金车花酊在棉花上,血马上止住了。有过这样的经历,巫师们似乎可以屈服了吧。'不,'他们说,'有医士在场,咒语不起作用……'有一次我坐船,一起乘船的还有大约十个人。我从口袋里掏出《奥洛涅茨省报》,上面登着牛的咒语,所谓"驱邪"。我开始念,我想当他们了解到不光是巫师知道咒语,大家也都知晓时,就不会再信咒语了。您想怎么着?我刚念完,马上就有几个人说:'再念一遍，再念一遍，记不住，念慢点……'您自己也能推想，这里怎么个斗争了。一个孩子得了天花，全村人都来，朝病孩叩拜：'天花娘娘，'他们说，'发发慈悲，走吧！'他们把病带给了自己孩子。哎，我和我的医术能做什么呢？而且距离多远呀！有时候叫你到七十俄里外的地方去，骑马，坐船，步行，你到了，看了一下，给了药粉——就没事了，我甚至怀疑这药粉会被放到神龛后面的什么地方。"

但是科学最凶恶的敌人，用医士的话说，还不是当地的巫师，而是梅津的庸医。秋天梅津地区的活儿刚干完，数百名庸医就分赴奥洛涅茨和阿尔汉格尔斯克省。他们全都医治，既医人，也治动物。他们知道各种咒语。巫师是术士，多神教的司祭，可梅津的庸医是医学专家，他们在民间博得多大的尊敬呀！任何一家的门对他都是敞开的，他们到处走，有吃喝，在一个地方有时住上一个月，两个月，却什么也不用付，况且谁也没有想跟他们要钱。

医学界的代表就这样告诉我有关巫师的事。这次谈话后不久，由于认识了讲故事的人马努伊洛，我得以见到有名的巫师米库拉伊奇·费列泽英。但是在讲述这个巫师之前，必须了解一下马努伊洛。这个有才干的人比其他所有我在维戈泽罗认识的人对于一切神奇的事更具有纯洁天真的信仰。

☆ ☆ ☆ ☆

讲故事的人马努伊洛个子高大，长着浓密的大胡子，乍一看来很庄重，严峻。只要当他开始讲自己的故事，"吸引你"的时候，他的脸上就会闪现出轻松的，跟这张严峻的脸和大胡子不相称的神情，因而显得很可笑。马努伊洛具有一颗不平常的富有诗意的心灵。他经常会感到苦恼。他的愿望游移不定，总有什么在吸引他到哪里去。他去树林打雄松鸡并不像普通的平庸猎人，而是个狩猎爱好者。在某种程度上他是通过打猎和讲故事使自己精神上得到满足，但是他怎么也下不了决心去实现的最大的夙愿则是去一趟耶路撒冷。

"为什么要去耶路撒冷呢？"经常会有人问他。

"因为那是圣地，那里有一切。"马努伊洛说。

为了实现这个愿望，不需要钱，只要下决心走和沿路请求施舍，但是马努伊洛下不了决心，他意志薄弱。

马努伊洛非常善于与人交往，也热爱人们。他住在路边半毁的小屋里，索洛韦茨基的祈祷者走的就是这条路，他们全都乐意在讲故事人这里停留。马努伊洛为他们烧起了三个茶炊。倾听他们的谈话，马努伊洛了解到有个令人惊奇的复杂而美好的世界，所有这些消息在他那富有诗意的心灵中消化了，然后冬天黄昏什么时候在林中小屋里就讲给同村人听。马努伊洛有张能"吸引人"的巧嘴，虽然同村人并不理解，这些故事是他们"辛苦"生活中唯一的美，他们还是宽容地夸他，他们无偿地享用着马努伊洛的创作成果，让自己的诗人一直住在可怜的半毁的小屋子里。马努伊洛本人是个谦逊的人，他认为，讲故事只需要"好记性"，但是在他的生活中也曾有过些事，这使他相信，讲故事并不完全是无谓的事，首先它在干纤夫活时很有用，管事喜欢听故事，而不会问他干活的事。

"我当纤夫很轻松，"他说，"我坐在圆木上，抽抽烟。管事走过来，看了一次，又看了一次。'你怎么啦，马努伊洛？'他说。'没什么。'我回答。'哈——哈——哈，'他笑起来，'好吧，晚上来讲故事。'晚上我去了，他请我喝茶。"

讲故事能带来好处。有时候为了湖泊和树林的事，老爷从繁华的大城市来到这林中的荒僻地方，他要马，要船，买鸡买蛋，拍景致，测量树林。他是什么人？上帝才知道。老爷有各种各样的。

"他们以为，"马努伊洛说，"老爷都一个样。"

"他们"是指与马努伊洛相对的芸芸众生的农民，他们是些平庸的人。

"他们认为，都穿着老爷的衣裳——这就是一切，不——兄弟！老爷是各种各样的。有一次我划了两天船，载着一个老爷。常常有这样的老爷，他自管自乘着船，晒晒太阳，打量打量周围，往笔记里记记，沉默不语，跟你一起坐了两昼夜船，一句话也没有说，有这么深沉的老爷！他们不知道，德国人和波兰人有许多老爷，但是有一个老爷就加进来谈话，他向我打听，请你喝茶，请你吃东西。还碰到过一个老爷，听我讲故事听了三天。各种各样的老爷都有。"

"他们"并不赞赏马努伊洛的故事，可是当他们有什么事要告诉老爷时，马上就来告诉马努伊洛。只有这种情况下马努伊洛才能从他们那里弄到一笔喝酒钱。

马努伊洛的家庭生活很不幸：唯一的女儿是个疯子。这个发疯的半裸的姑娘遇到任何客人都是用哈哈笑声相迎，在父亲管住她之前，总是缠住客人。这姑娘还是小时候就被毁了，林妖对她做了什么，连有名的巫师米库拉伊奇·费列泽伊奇也未能驱邪。马努伊洛本人是这样讲的：

"今年我们马特科泽罗湖根本就没有鱼，全都游到维戈泽罗湖去了。老大娘们说，好像看见马特科泽罗湖的水怪与维戈泽罗湖的水怪在神甫的石头上打牌。我们想，我们的主人输掉了自己的鱼。春天没有鱼，夏天连鲈鱼也不上钩。秋天带了大渔网辛辛苦苦一场，让自己和婆娘吃了不少苦，却什么也没捕到。好，我想，应该去树林打松鼠和雄松鸡挽回挽回。我带上狗和猎枪，背上背筐，要去树林，而小丫头说：'爹，让我跟你一起去，我在树林里稍稍走走。'她就这样缠着我。我们刚走进树林，我就听到狗不断地吠叫，比平常叫得多。嗯，我想，是朝松鼠叫，那一年一张松鼠皮可得二十戈比，我哪里会想到小丫头呢！我一听到狗在朝松鼠吠叫，就立即到树林中去。狗像发狂似的吠叫，却没有松鼠，没办法，我就砍了一棵树，又砍了一棵，我看到，松鼠停在树枝上，尾巴竖在背上。我分开腿站好，开始瞄准。啪！既没有松鼠，也没有树枝，这棵树换到了别的地方，狗也不叫了。这时我才想起小丫头。回头一看，她不在，噢，我想，她回家了，便做了个祷告，往树林里走去。过了两天，我回到家，老婆骂我：'你干吗把小姑娘带到树林里去？'原来她从那时起没有回家。这时我明白了：是林妖指给我看松鼠，而把小姑娘藏匿起来了。没有办法！我和老伴商量了又商量，我就去找米库拉伊奇巫师，打听小丫头的事。我水上漂了几昼夜，步行了几昼夜才到他那里……'没关系，'他说，'他带她走八天，我们只要第九天到那儿去。'第九天半夜里我与他到树林里，'你站到那棵树后，'他说，'我站在石头后。不论怎样，你就站着，别动弹，也别怕。'我是否要对他说：你在树林里走，要使被带走的小姑娘坚强些……我站着……我看见，仿佛有两个男人拖着我的小丫头，他们掏出了刀……我站着，静默着……小丫头喊着：'爹！'我站着，静默着，后来我看到，一辆马车过来，载着小丫头驶了过去，这时巫师从石头后面走出来。'走吧，'他说，'现在她在家里了。'我们回去了，小丫头在家，浑身发青，打着哆嗦。林妖把她带走了八天，对她干了什么，我们不知道。她就这样成了又聋又哑的人。"

☆ ☆ ☆ ☆

这个马努伊洛就介绍我认识巫师米库拉伊奇。不知为什么马努伊洛要到科罗索泽罗去，他恰好想在巫师那里洗洗猎枪，不然它就射不中。我们刚刚在维戈泽罗湖上漂行五俄里光景，马努伊洛就惶惶不安起来，开始朝远处仔细观望，最后有把握地说：

"真害人！"

很快我就看到，在一个光秃秃的小岛上有一群马，是它们激起了马努伊洛的注意。显然，这些马是被熊从杨岛上赶过来的。就在这时旁边出现了一条小船，有人朝我们喊叫，可以听清楚话：

"真害人呀！科罗索泽罗村熊扑倒了四匹马！"

小船驶近后，马努伊洛和两个捕鱼人之间就开始了我不懂的谈话：

"我们那里所有的牲口都驱过邪……米库拉伊奇亲自驱邪的……真害人！四匹驱过邪的马被扑倒了……他昏庸了，看来，他开始糊涂了……魔鬼在作弄他……中了邪……他使马克西姆中了邪……"

我好歹能弄清这些话的意思：熊扑倒的马是由著名的巫师米库拉伊奇念了咒的，或者是"驱了邪的"。尽管这样，还是发生了前所未闻的事：熊吃了念过咒、"去了邪"的马，这只能说明，米库拉伊奇老了，神志不清了，魔鬼在作弄他，因此他的脑袋开始糊涂了。

"哎，米库拉伊奇是个好巫师！"马努伊洛对我说，"他从达尼洛夫到波莫里耶的所有村子给牲口驱邪。人们用自己的马来接他送他，给他喝，供他吃，还收集了鱼肉馅饼、煎饼，装了整整一车，还给钱……四面八方的牧人都到他这儿来请求驱邪。"

马努伊洛不相信，米库拉伊奇开始糊涂了。他解释说，另一个好嫉妒的巫师马克西姆卡使熊中了邪，这熊本来又想把他淹死，原来，这马克西姆卡已经不止一次被淹过，但没有被淹死，他浮了起来，于是便怀恨要做害人的事，也就是使"野兽"中邪。

我们终于到了米库拉伊奇巫师那里。

他坐在自己小屋旁,在晒太阳。这是个盲老人,脸相端庄,长长的白胡须,根本不像巫师,不如说是牧师、神甫。当他知道马努伊洛的猎枪打不中后,就说:

"好吧,把猎枪给我,我来替你校正。"

说这话后我们就向湖边走去。老人跪在湖边,拆开猎枪,朝枪筒里吹吹气,又把它三次浸到水里。

老人满怀信心做完了他意思中的仪式,他脸上的神情是庄重严肃的。马努伊洛像一个普通的信教人望着神甫那样望着他。湖泊宁静而美丽,我心里涌动着一种要求敬重这仪式的感情。

"瞧见了吗,"后来费列泽英在自己那有点阴暗的小屋里对我解释说,"主要是取决于自己,当你带着猎枪在林中打猎时,一定要严格律己。有时候犯的过错多了,往往难以改正。好吧,一次不行,下次我再来校正。"

我非常谨慎地把谈话引到熊和牲口上,最后谈到熊吃了他驱过邪的牲畜一事。米库拉伊奇简单而平静地对我解释:这头熊不平常,假如它是平常的,那么它会到同一个地方吃牲口的,如果它不来,又怎么伤害牲口呢?不,这头熊是中了邪的。但是谁施了邪,他不知道。据说是马克西姆卡,但这就不了解了,他现在无法探测,因为看不见,为了探测,需要从三个地方收集环礁湖水,望着这水,直至敌人出现。

"我给牲畜驱邪有五十年光景了,"老人说,"谁都没有听说过,熊扑倒了我驱过邪的牲口。唉,假如我眼睛好的话,我就给他颜色瞧!我不是凭理性想出什么胡乱的名堂来。例如有一次……已经过去五十年了,也像现在,卡尔戈波尔的巫师

祸害波韦涅茨的牲口，人们都聚集到科罗索泽罗。我们的巫师就说：'你看见炉子里的铁了吗？让它到我这儿来。'

"卡尔戈波尔的巫师费尽心机，铁却在原地不动。

"'瞧你的皮袄在门口，'他对我们的巫师说，'让它到这里来……'

"他还没把话说完，皮袄就开始慢慢移动，慢慢移动……

"从那时起他就完了，卡尔戈波尔的巫师失去了魔力。

"唉，假如我眼睛好，我就给这个马克西姆卡厉害看！"

老人的状况确实颇为凄凉：他一生都在驱邪，以此糊口，现在到老年了，必须放弃这件事，他陷于回忆之中，告诉我他是怎么为牲口驱邪的。

往往是在圣灵降临节临近时，各地方就派人来请，你能做的就只是赶路和驱邪。来到村子，人们已在那里等候着，牲畜在田野里，在畜栏里，牧人拿着喇叭，米库拉伊奇把手杖放到地里，给牧人一张驱邪的字条。如果那牧人是识字的，就在手杖右边绕着牲口走三次，一边就念那字条；如果不识字，那么有人要跟在牧人后面边走边念驱邪的字条。这以后米库拉伊奇就拿起小圆面包，把它切成小块，给每头牲口吃。

但是现在老人变瞎了，无疑，魔鬼就会作弄他，因此他对害人的马克西姆卡就一点办法也没有。我请求老人把驱邪的字条给我，老人从箱子里取出一小片纸，要我出声地朗读三遍。我读的时候必须看着老人那庄重的脸，他似乎是在为我祝福。

"这个驱邪咒很好，"他说，"一百头母牛，四十匹马都是用这咒语驱的邪。现在写吧，要写对了。"

驱 邪 咒

为了父亲，儿子和圣灵！

我，上帝的奴仆，牧师（某某），画着十字，一门出一门进，出东家进西家。我脸朝东方，背朝西方，向上天的基督祈祷。

上帝创造了天和地、河流和湖泊、尘世的造物、人、上帝的奴仆我，以及我心爱的牲口、心爱的动物、不同毛色的、家养的、新生下的牲畜、母牛、公牛、长角的牛犊。

公正的太阳和公正的上帝！请在我的畜群周围从地上到天上设置铁围墙，围墙上装上钢门，水晶大门，坚固的城堡，金钥匙，使任何野兽都看不到我心爱的畜群，让猞猁、狼和大脚掌的熊觉得它们是灰色的怪石。

如公正的太阳及其明亮的阳光每天每个时辰、从早到晚都在移动一样，让牧场上我心爱的畜群听到我的号角,我的声音也都跑过来。

如人聚集到上帝的教堂听唱诗、听钟声一样,如蚂蚁聚集到蚁穴中一样,让我心爱的畜群在整个美好的夏天,从现在到永远,都到自己的门里集中,阿门。

"那就写吧,要写正确,"老人对我说。

我向他告辞,走出小屋,他也摸索着走到门口。我已经在街的另一边了,老人还在身后喊着:

"用点心,要写正确!……写吧!"

☆ ☆ ☆ ☆

很快我就得以认识了马克西姆卡巫师,垂暮的米库拉伊奇的幸运的对手。他与有名的长老、牲畜的保护者截然相反!如果说那一个像端庄的神甫,那么这一个简直就是林中的野兽。他那暗红的几乎是黑色的脸被风吹日晒而显得非常粗糙,布满的皱纹就像一条条裂缝,额头是倾斜的,眼睛又小又窄。在林中看见这样的人,尤其是在他忽然想出来爬上树撕桦树皮或割树条时,你可以永远相信,像人的林妖是存在的。

像与米库拉伊奇那样,我与他也进行了倾心交谈。以前他是个农村的无产者,受人轻视和挨打,后来渐渐地变成了巫师,在所有方面他都能成功:鱼比别人捕得多,也总能猎获禽兽。村里人都感到奇怪,便说是林妖、水怪帮助了他,他能神机妙算。要有点想象力,要相信自己——这就是巫师。

但是马克西姆卡行事按另一种方式。

"唉,我受够了,"他对我说,"我受够了,也走够了,而他们诬蔑我,责骂我,一直闹到告法院,现在好了……他们害怕了,我对自己的事心中有数:我一根毫毛也不受损。我骑上马,所有的人都战战兢兢跟在我后面。只要我愿意,母牛在原地不会动一下,像被钉子钉住了似的,只要我愿意,我就来吓唬一下,就把它隐瞒起来。①"

他否定米库拉伊奇。

"他在树林里放牧,"他谈到自己的对手,"他给的不是上帝的驱邪咒,而是魔鬼的,他在树林里放牧。"

我们谈到了科罗索泽罗的熊的事。但马克西姆卡与这件事毫不相干,那是村民们自己不好:只要遵循一条咒语,他们却拿了四条,四条中有一条可能是不好的,祸事就由此而起。而马克西姆卡总共就只玩了一次,他把牲口赶到结了一层锈皮的沼泽,让熊比较轻易地就逮到它,而他自己则躲在白桦树后。熊朝一头母牛奔来,用爪子抓住它,而其余的牲口仿佛被按住似的,站着一动不动!熊本可以把整群牛都干掉,但马克西姆卡不让它这么做。村人带来母牛,给它医治。他们把澡堂烧得烫烫的,就把母牛赶进澡堂,在被熊抓破的那些地方马上肿起来了,母牛就死了。

"笨蛋!是他们自己不好,他们只要把伤口包扎好,放掉热气就可以了。后来他们把马克西姆放到冰窟窿去,但是没有

---

① 巫师的话中"把牛隐瞒起来"就是指使牛看不见。——原注

能成……他们哪能行呢！……"

从那时起马克西姆卡的业务就兴旺起来：不论发生什么事，总归咎于他，可是人们又怕得罪他，还给他钱。

我就不再说，哪里还有像维戈泽罗地区这样的地方，多神教世界与基督教世界竟这么接近。在这个地区至今还生活着一些隐士，他们竭力要恢复早期基督教苦行僧的生活，而有时候像菲利普这样的一生只与林妖、巫师和熊打交道的猎人偶然也会到他们的小屋中去。

为了表达自己对卡累利阿岛上居民的宗教生活的印象，我必须得讲讲维格荒原的有趣而又极有益的故事。

维格荒原

在彼得堡，沃尔科夫墓地旁，有一处无僧派①的祈祷室。如果在走过首都熙熙攘攘的街道后来到这里，那么会感到非常奇怪，犹如夜间在车厢里你因火车停下来而被吵醒一样，我是在什么地方？我怎么啦？有时候要过好长时间，直到意识中建立起必要的平衡，一切才得到很简单的解释。

在这里，祈祷室里，离开了街道的思想左右驰骋，前后奔突，最后在遥远的彼得一世时代前的时代找到了自己的归宿。

幽暗中基督那大圆脸从黑乎乎的一排排圣像中望着穿着束腰黑长衣、蓄着齐腰长须、双手交叉在胸前的人们。圣像壁前有涂上了黑色的三个高台。中间的高台上一个金属的大八角十字在烛光的映照下闪闪发亮，两侧的高台旁站着一些穿黑衣

---

① 无僧派是产生于17世纪俄国古老信徒派的一个派别，它否认东正教会的等级和司祭的神秘，他们的祈祷由选出来的教导者或读过许多经书的人主持。——原注

服的女人。有一个正很快地念着一本大书。左右唱诗班席位的旁边站着两位长老，一些穿黑衣服的女人从他们身边走过，朝他们深深地鞠躬，补充到两个唱诗班去。她们集合好后，就走到教堂中央，对于外人来说是出乎意料的，一下子就高声地带着鼻音唱起来，唱得阴郁而凄凉。有时候穿着长衣的人们向前扑倒在地，站起来，又扑倒。两位白发长老之一拿着手提长链香炉，在每个人面前摇炉散香，这时大家就把叠在胸前的手分开。在这间祈祷室里局外人是很不自在的，因为人们在这里祈祷并神圣地尊敬自己的宗教仪式。

  几乎就在这个祈祷室旁边有一个东正教的教堂。起先会感到很轻松，自由，高兴，仿佛是从黑暗中到了这里。祭坛、唱诗班、身穿华丽袈裟的神甫，一切都是熟悉的，明亮的，但是当你仔细察看圣像后，你会发现，这些也是那样，阴暗而古老，甚至也是这么一张基督的阴郁的大脸，不过在这里他望着的已是普通的人了。原来这个教堂是从无僧派那里抢过来，把它改成东正教教堂的。再来详细说说这里的人群：戴着帽子的小姐在窃窃私语，其余的人在微笑，唱诗班的人在清嗓子，定音，神甫端倪着来人。一个教堂里有一种过于沉重的精神麻木压抑着人，另一个教堂里则枯燥乏味，平庸无聊。

  这些教堂是俄罗斯人精神悲剧的纪念物。当时西方"好斗的"教规与东方"神赐的"教规相遇，就产生了分裂。就是在那个时代宗教思想照亮了树林、水、石头构成的这一阴郁的地区。在这一地区思想生活却沸腾起来，宗教的基本问题在这里得到了讨论，理论上得到了研究，生活中经受了考验。那个时候维格地区布满了道路、桥梁、耕地、村庄。这种景象持续了一百五十年，后来一切重又平息了，思想生活衰退了，房屋、教堂被毁了，耕地长满了树林，整个地区仿佛成了一座雄伟阴森的坟墓，成了"逝去的时代"的见证。

☆ ☆ ☆ ☆

索洛韦茨基修道院对于维格地区来说曾经是一块圣地和经济中心，就像后来达尼尔修道院那样。这就是为什么1676年1月军队进入被包围的成为分裂派教徒用的索洛韦茨基修道院时惊慌恐惧充溢了所有人的心头的原因。肇事者受到了无情的惩罚，成百上千被处死的人被抛到冰上。

这段时间北方几乎是无尽的黑夜，仿佛在整个俄罗斯大地的上空数十年都笼罩着暗无天日的可怕的黑夜。望着这个漆黑的深渊是可怕的。那里能看到什么？焚烧异教徒，自焚者的篝火？也许，已经开始了焚烧？也许，天地已经在燃烧，天使长吹起了喇叭，可怕的最后的审判来临了？似乎整个宇宙都因魔鬼的降临而颤栗、动摇、毁灭。它，这个魔鬼，"阴险可怕的黑蛇魔"出现了。启示录中预言的一切兑现了。教徒们抛下了一切尘世俗事，躺进棺材并唱道：

松木的棺材，
为我而制作，
我将躺在内，

等候喇叭声，

天使吹喇叭，

唤起棺中我……

而在被废弃的田野上牲畜游荡着，发出哀怨的叫声，但是面对世界末日的这种恐惧只是藏在无能为力的人的心里。大自然依然是宁静的，星星没有从天上掉下来，太阳和月亮仍在照耀，就这样年复一年，仿佛有谁嘲笑着人。

迫害越来越厉害。索菲娅政府颁布法令：所有不肯悔过的分裂派教徒将在木架中烧死，那些拒绝领圣餐的人，往他们的嘴中塞东西，强迫他们吃圣餐，他们面临的只有死或是逃往荒原。

在维格地区荒原逃亡者受到了殷勤的接待。那里，在湖畔，在林中小屋住着长老，他们砍伐树木，烧了它；他们挖地，播种，捕鱼。这些长老有时候走出树林，开导人们，他们教人要有尼康①时代前古代俄罗斯人的虔诚，向他们描绘正在降临的可怕审判。

☆ ☆ ☆

在这些传教的长老中特别有名的是伊格纳季·索洛韦茨基。他长期隐匿，躲避一支讨伐队的迫害，这些讨伐队是派来

---

① 尼康（1605—1681），1652年起为俄国牧首，实行教会改革，引起教派分裂。——译注

搜寻林中的分裂派教徒的。最后他受尽折磨,无法躲过来到荒原的讨伐者——犹如叮上美食一般讨厌的苍蝇,他就决定自焚,光荣地死去。

"锻造尽可能多的利剑,准备经受最难以忍受的折磨,想出最可怕的死,对罪人来说传教的欢乐是最甜蜜的。"①

如一头被追逐的野兽,伊格纳季和他的弟子在奥涅加湖周围滑雪逃跑。他来到帕列奥斯特罗夫斯基修道院,赶走了不同意他的修士,就闭门不出,而把自己的弟子派往各个乡村,通知虔诚的基督教徒,让所有愿意为了古老的宗教信仰自焚的人到他这里来集中。

人们成群地从四面八方来到著名的传教士这里,集合了三千人左右。迫害分裂派教徒的讨伐队感到逼近修道院是危险的,因此就派人去诺夫戈罗德要求增援。大斋时五百个士兵组成的军队带着许多知情者向修道院进发。前行的是装着干草以掩蔽子弹的大车。人们以为会有强烈的反抗,但是军队未向修道院开火。

很快站在墙边的人消失了。军队逼近到墙边,士兵们爬梯子登上墙,下到院子里,那里一个人也没有。士兵们向教堂奔去,但大门是锁着的,用坚固的圆木堵着。于是他们明白了,那些人准备可怕地死去。士兵们试着破墙,但这要费很久,他们把炮拖到院子里,炮弹飞向木教堂。

而那里人们坐着,挤成一堆,四周堆着干树枝。最后两

---

① 菲利波夫:《维格荒原史》。——原注

天，有的人已一星期不吃不喝不睡。历史学家告诉说，他们好像是这样祈祷的："基督，为你的法则而死，我感到幸福，有比我的自然力更为高尚的东西。"

不知道，是旧教徒自己点燃干树枝还是炮弹打翻了蜡烛而点燃了干树枝，但是教堂立即就燃旺起来，火焰向外窜，发出噼啪响声，火柱直冲天空。

墙倒塌了，埋葬了里面所有的人……

这一事件的同时代人，历史学家伊万·菲利波夫那"哭泣的簧哨"告诉我们，当时仿佛有这样的幻象：

"最初的烟雾消散，火焰熊熊燃烧起来时，伊格纳季神父手拿十分明亮的十字架从教堂圆顶中冒出来，升向天空，而在他后面是其他的长老和无数人，全都穿着白色袈裟，一排排地走向天空，他们走过天门后就看不见了。"

但是伊格纳季的事业并没有随他而绝灭。

还在索洛韦茨基修道院时，一个虔诚的长老尤里就劝伊格纳季离开修道院，建一个新的。

"走吧，走吧，伊格纳季，"他说，"不要怀疑，上帝想为你建造一座大寺院为他增光。"

伊格纳季在波莫里耶各个村子漂泊，寻找适于建造新寺院的人，不久他就遇到了顺加的执事达尼尔·维库利奇，他也隐匿在维格的森林中，他们就亲近起来。也像伊格纳季一样以自焚告终的长老皮缅曾向这个达尼尔预言将主持未来的寺院。说这话是这样一种情境：有一次达尼尔去拜访在卡累利阿树林中的皮缅。他们交谈了很久，达尼尔要走时，长老便去送他。达尼尔坐进船，本来要拿船尾的桨，但皮缅对他说：

"达尼尔，你坐到舵位上去，你将是维格荒原最后一批基督徒的舵手和好掌门人。"

但是伊格纳季对维格荒原最重要的帮助是，他培养了梅舍茨基公爵的后代、波韦涅茨的农民丹尼斯天才的一家去建立宗教的功勋。

"这样，"历史学家说，"这条小河（维格荒原）的源头是伟大的索洛韦茨基修道院。"

☆ ☆ ☆ ☆

安德烈·梅舍茨基后来是维格荒原著名的组织者和分裂派的理论家，他是在汹涌澎湃的奥涅加湖岸上的波韦涅茨，当时还是波韦涅茨原始森林地区长大的。波韦涅茨村当时是讨伐队由那里出发去森林的中心，被抓到的分裂派教徒在这里受尽残酷的折磨。处死，自焚，伊格纳季的热情说教——这些就是才华横溢的安德烈青年时代遇到的一切，促使他去建立宗教的功勋。

十二月份，最寒冷的时节，北方的夜比白天只不过稍稍昏淡些，年轻人就与自己的朋友伊万去了森林："撇下父亲，鄙弃家园，现有的一切仿佛不存在似的毁灭了……滑雪板代替马，雪橇代替大车，常常自己既当大车，又当车夫，既是导师，又是学生。"

这样开始了"符合神意和不满自己的生活。"年轻人在黑暗中，密林中流浪，在篝火旁过夜，吃的是随身所带的粗陋的食物。终于雪化了，他们在山附近的小溪旁选择了一块地方永久居住："与山同住，与溪为邻。"

年轻的隐士常常到达尼尔那儿去，他离他们住得不远。他们与上了年纪的苦行僧一起吟唱宗教的诗歌，一起祈祷，与他交谈，回家的时候怀着越来越炽烈的宗教热情。

最后，当他们看到在一切方面都与达尼尔相一致后，就决定搬到他那儿去一起生活，还盖了一座大屋子给到他们这儿来的新苦行修士居住。

当生活多少安顿好了后，安德烈就到波韦涅茨去，住在一个朋友那里，悄悄地为自己的妹妹索洛莫尼娅逃亡做好准备。老父亲起先十分愤怒，但后来确知新的村社是件严肃的事，便自己带了其余两个儿子谢苗和伊万一起搬到那儿居住。

离安德烈和达尼尔不远，沿着上维格河，为躲避迫害，隐居着农民扎哈里一家，靠耕作为生。维格河岸上虽然密密麻麻覆盖着枞树和松树林，但是进行耕作还是很好的，这里很久以来就住着苦行修士。在扎哈里家河上游一点的地方住着一位很受尊敬的长老科尔尼利，在河下游一点住着谢尔基。

有一天，在复活节后一周内，扎哈里必须到安德烈和达尼尔那儿去。这时他冒出一个好念头：叫他们到维格河他这儿来。回家见到父亲时，扎哈里讲了新的村社和新的构想。

老人非常喜欢他的主意，他们俩立即滑雪去安德烈和达尼尔那里。他们高兴地接待了客人，每天都吟唱宗教的诗歌，祈祷后便读圣书。

维格村社的奠基人没有立即听从扎哈里的劝说，作为尝试,他们决定派十二个劳动者去那里伐木和播种。劳动者马上出发了。

他们在维格干活时,发生了不幸:村社的一切储备和所有的建筑都被烧毁了,于是,安德烈和达尼尔他们收拾起剩下的一切,出发去正干得起劲的维格。在最后下决心去维格河建立村社之前,安德烈和达尼尔去与科尔尼利长老商量这件事。

科尔尼利与他们谈了一会所有的不幸和教会里的各种变化后,不仅建议他们,而且坚决劝说并祝福他们搬到维格河扎哈里那里去。他预言维格荒原会有灿烂的未来:"这个地方会名扬天下。人口增加以后这里会住着妈妈和孩子,会有母牛和摇篮。"总之,科尔尼利与道学先生,宗教狂伊格纳季完全相反。他主张的是和平健康的劳动、纯朴、热爱人。达尼尔和安德烈回到弟兄们那里,向他们传达了科尔尼利的回答,大家都很高兴。不久科尔尼利亲自来为他们祝福。大家集合在一起,作了祈祷,立即开始干活。这样就建起了维格村社(1695年)。

房屋中首先安排好不分男女的食堂和面包房,男修道室,女修道室。男人起先住在食堂里,女人住在面包房里,祈祷也在食堂进行,做祈祷时在中间挂上帘子,把男女分开。这时聚集在这里的已有四十人左右。但是有关新寺院的传闻很快就传开了,因此村社开始扩大了。最困难的是要开辟永久性的耕地,从收效甚微的伐木经济转向永久性的耕作,转向三区轮作。为此需要饲养牲畜,给永久性耕地施肥。渐渐地这就做成了:建起了牛棚马舍。

在男女修道室之间设有一堵墙,墙中间有一间带窗的小室,亲戚可以在这里相见。整个修道院周围建起了围墙。由于没有蜡烛,他们就在松明照耀下做祈祷,敲木板代替敲钟。

随着村社的发展,需要越来越多地考虑组织劳动的事和新生活的整个制度问题。当然,在山附近的小溪旁安德烈是很难拯救自己的灵魂的,但是对于一个热情的年轻人来说,也许这样的功勋就只是满足自己的需求。现在各种各样的人开始到村社来,有强者,有弱者。逃离尘世是安德烈的基本思想,但是这里产生的是新世界,应该把这个新世界建得不像旧世界。

刚刚一切总算上了轨道,建起了村社经济所必需的一切,新的灾难又落到了聚集在维格河边的苦行修士身上。他们遭遇了"庄稼冻坏和谷粒生青的荒年"。维格河一带几乎是可以进行耕作的极北界限,那里的收成完全取决于变幻无常的天气。刮海风,谷粒灌浆时严寒降临,整个收成就完蛋了,这就是"庄稼冻坏年"。常常还有庄稼在冬天前来不及成熟的情况,这是"谷粒生青年"。遇上这样的年份,特别是在村社初创阶段,那是毁灭性的打击,因为村社还没有一点储备。有一次安德烈甚至动摇了,已经决定去海边寻找新地方,但是他父亲丹尼斯制止了他的动摇,他说的话很简单:"在父辈们祝福过和度过一生的地方生活下去,虽然你寻找和走过了许多地方,但这里总还可以糊口,暂时就留在这样的地方吧。"

只好认同父亲的话,为了不饿死,他们在维格河上游一点的地方建造了磨坊,想用干草和松树皮做成粉。但是用这样的粉不是总能烤成面包,它们常常在炉子里就碎了,要用扫帚把它们从炉子里扫出来。为了不使面包碎掉，他们最后想出了把这种粉装在桦树皮盒子里来烤。"日子就是这么贫困，那时白天吃了，不知道晚饭吃什么，许多时候就是不吃晚饭过日子的。"

于是谁有什么就把什么集中起来：钱，银项圈、衣服。大家派安德烈到伏尔加去买粮食。卖了这些财物得到一部分钱，同情分裂派教徒的虔诚的人施舍了一部分钱，安德烈就用这些钱买了相当数量的粮食。他把粮食送到维捷格拉，再从那里运到皮格马特卡——这也是到奥涅加湖维格荒原最近的地方。从皮格马特卡人们用背筐走林间小路运粮，因为那时还没有大路。在波韦涅茨似的荒僻地方至今人们还是用这种办法运粮。

总算把灾难对付过去了，只想能自在地喘口气，新的不幸又压到修道院身上。离他们不远，总共就五十俄里，彼得大帝带领军队走森林和沼泽过来了。

☆ ☆ ☆ ☆

苏姆斯基大道上两垛密密的林墙在几个地方突然分开了，宽阔的林间通道长满了孱弱的小树，在这个荒凉无人的地方这通道仿佛是一个伟大的存在的遗迹。车夫在这里常常会勒住马，并说："陛下的路！"他还会解释说："彼得大帝陛下带领军队走过这里。"这是什么时候的事，他不知道。"那是很久以前了，老人们——父辈、祖辈、曾祖辈中谁也不知道。""但是为什么没有路呢？""这我可不知道，"车夫回答说,"看来,上帝是这么安排的,结果就是这样。"我们文明的后代不论在这个地方设立多么壮丽宏伟的纪念碑,旅行者都不会体验到如今在这荒蛮之地望着这个遗迹所产生的感情。接着往前走,在彼得坑附近人们指给我看一条挖出来的水沟,堆起来的石头,军队休息地的一些明显的标志。再往密林深处走,在普洛泽罗湖附近,那里至今没有任何道路,人们步行走的是勉强可辨的小径。有人指给我看一座陷进苔藓沼泽地的桥,当然,已经腐朽了,但还是可以看出来的。到处都有人说:这里陛下走过,这是陛下的路。

"你知道,彼得大帝是什么人吗?"一个隐修士指着普洛泽罗湖后面沼泽地上的残桥,问我,他小心翼翼地望了我一眼。

我急忙说:"知道。"他放心了。彼得大帝是个反基督者,隐修士想告诉我的就是这一点。

这个反基督者——古罗斯所有的追随者都非常害怕的人——在1702年率领军队走过这些沼泽和森林。他还带了两条巡航战船,那是走陆路从白海拖到奥涅加湖的。这是瑞典战争的时候,彼得大帝无论如何都想从芬兰湾打开通往波罗的海的出口。当然,卡尔十二世怎么也想不到,跟舰队待在白海的彼得会把军队带到维格地区的密林里,然后又抵达诺得堡(施吕瑟尔堡)。假如彼得的卓绝之举没有成为历史事实,那么,谁看见过奥涅加—白海的密林,谁就会觉得彼得的想法是不理智的。不过,彼得本人也没有立即下决心走这一步。起先他拟定的路线是经大海到奥涅加河,然后经奥涅加河和陆路到诺夫戈罗德。1702年7月8日颁旨派遣普列奥布拉任斯基团的文书伊帕特·穆哈诺夫去侦察这条路。穆哈诺夫的探寻是没有结果还是在别的地方勘查得到了较好的结果，这不得而知，但是筑路委派的不是穆哈诺夫，而是普列奥布拉任斯基团的中士米哈伊尔·谢波捷夫，也就是后来英勇地在维堡城下献身的著名的"炮兵军士"。众所周知，他与很少几个士兵坐了五条小船悄悄靠近了敌人的军舰，攻击了旗舰"埃斯佩伦"。这舰上有四门大炮，一百零三个海军士兵和五个军官，舰上的士兵一部分被打死了，一部分钣锁在甲板下面，缴获了舰艇，但是谢波捷夫本人在战斗中牺牲了，躺在被他缴获的敌舰甲板上送回家。

这个谢波捷夫在六月底着手修路。为帮助他来了六七千农民，他们来自索洛韦茨基修道院、苏姗斯基岛、凯姆镇、辽阔的维戈泽罗乡村墓地，此外还有奥涅加、别洛泽罗、卡尔戈波尔等地来的农民，也就是集中了今天三个省——阿尔汉格尔斯克、奥洛涅茨和诺夫戈罗德的人，所有的农民都带了马。

根据这些事实可以设想，人民要为这条路付出多大代价！直到今天民间还保留着沉重的回忆。在维格地区老人们对我说，为了筑路从整个俄罗斯赶来了农民。

谢波捷夫从纽赫恰盐场，即现今的瓦尔戈尔村开始铺路。当时那里只有盐场主的小屋，也许，就是这些盐场主帮助了谢波捷夫勘查，告诉他由他们铺设的小路。从这个地方到维戈泽罗的沃日马萨尔马村有一百十九俄里，其中六十六俄里完全是泥泞而无法通行的沼泽地，这是筑路最困难的地方；继续往前，随着接近马谢利格斯基山岭，地才变得干些，好走些。为了在泥泞的地方筑桥，必须夏季在沼泽地上运树木五、十，甚至二十五俄里。那个时候需要砍树，辟出林间通道，在小河上修桥，在瓦尔杰戈尔和波韦涅茨建码头。一些人干最初的笨活，另一些人大概就使林间通道变得像通行的路的样子，清除了石头、树墩、倒木，在泥泞的地方铺设了桥。到八月，这一整个巨大的工程已经结束了。谢波捷夫从波韦涅茨上奏陛下："禀告陛下，路已筑好，码头、大车、渡奥涅加河的船也已备好，到八月二日齐集大车两千辆，还会增加些；至于有多少船，什么规格，请见随信给陛下寄去的一份清单。"

八月十六日晚，在克留伊斯指挥下，舰队从索洛韦茨基修道院来到纽赫恰盐场，一部分停在里斯鲁达山下，一部分停在瓦尔杰戈尔附近。两艘小战船也停靠在瓦尔杰戈尔，认为让它们与他们在一起比较好。荒凉的地区活跃起来了。岸上是陛下和阿列克谢王子及许多随从、僧侣、五个营的近卫军（四千多人），还有许多拉大车的苦力。在卸船的时候，陛下款待了索洛韦茨基修道院的修士，他们献给他索洛韦茨基修道院圣者的象。同时也得到了舍列梅捷夫和阿普拉克辛取得胜利的报告。最后船卸完了，著名的穿越奥涅加—白海密林的行军开始了。战船放在滑木上，每一艘船配一百匹马和一百个运料工，还有一百个步兵。为便于移动，在滑木下放上滚轮。陛下、侍从、僧侣当然是乘骑而行，大概，一部分人坐当地的双轮轻便马车，一部分人骑马。停留的地方称作驿站，这叫法沿袭至今。驿站这个词在这里大概用作停留的意思。过夜的地方为陛下和侍从准备了过冬屋，而普通百姓有的就睡在篝火旁，有的爬上架在树上的木板。据传说,彼得不喜欢在过冬屋里住宿,大多是在清新的空气下过夜……

应该想到,谢波捷夫筑的路只是大致上像条路,清理路的活是在行军时进行的,因此他们深入密林的速度很慢,一步一步行进,白天干活,在水和泥泞中弄得浑身湿透,晚上穿着又湿又冷的衣服冻得发抖。据说,在纽赫恰,后来所到驿站之处,陛下亲自放上"第一根圆木"以表示祝福,第二根圆木他让自己心爱的儿子来放,后来大贵族们也花了力气做这事。为了不绕三十俄里的维戈泽罗湖,他们用船和木排搭起穿过海峡的浮桥,在距达尼洛夫村社五十俄里的地方,渡过维格河,后来翻过马谢利格斯基山到波韦涅茨就无比轻松了:这里的地比较干燥,树林多,而且这里还有去索洛韦茨基修道院的祈祷者走的路。可以推测,他们在窄长的湖岸上行走时,是把战船放下水的。他们十天走了一百八十五俄里,八月二十六日到了波韦涅茨。彼得在这里写信给波兰国王奥古斯特:"我们现在行军抵达敌人的边界附近,有上帝的帮助我们不希望徒劳到此。"在这里他给列普宁发去圣旨,命他把军队集中到拉多加城下,"不得延误"。死在林中的人不少,但是远征的结果是攻下了施吕瑟尔堡。"用这把钥匙,"彼得说,"可以打开许多城堡。"远征后第二年,即1703年春天建起了彼得堡。

☆ ☆ ☆ ☆

被分裂派教徒看作是反基督者的彼得大帝出现在维格密林

中时，分裂派教徒异常惊恐，有些人甚至想逃跑，有些人以父辈为榜样打算自焚，在教堂里已经准备好松脂和干树枝。大家都不停地祈祷和斋戒。

在渡维格河时，当然会报告彼得，这里不远处住着分裂派教徒。

"他们交税吗？"他问。

"交的。是些勤劳的人。"人们回答他。

"让他们住着吧。"彼得说。

"最仁慈的国父就安宁地乘车而过了。"伊万·菲利波夫用草书写下的记事高兴地叙述说。

同样，在皮格马特卡对面时也向彼得报告过隐修士的事，但是他又说："让他们住着吧。""大家都不吭声，无论谁都不敢做什么，而且也不敢说什么。"

但是彼得并没有忘记隐修士，不久缅希科夫公爵就到波韦涅茨来建制铁工厂。工厂地点选在奥涅加湖旁边的波文昌卡河畔，而向维格荒原颁发圣旨，称："国王陛下为与瑞典作战需要武器，因此要建工厂，维格人必须干活，竭尽全力帮助建造工厂，为此将允许他们在维格荒原自由生活和依旧规做祈祷。"

隐修士们同意了。为便于共同生活，这是做出的第一个重大的让步。分裂派教徒应该制造武器，用它来打通去欧洲的道路。他们靠这一点赎买了自由。"从那时起维格荒原就处于国王陛下和波韦涅茨工厂的劳务桎梏下。"

彼得总的来说没有迫害分裂派教徒，部分原因是当时不是做这事的时候,他一心要进行战争,部分原因是他看问题实际,他向他们征"分裂"的特别税,从他们身上获取好处。只是到1714年他才改变了对他们的态度,因为从都主教皮季里姆的报告中获悉,在下戈罗德森林中分裂派教徒达二十万人,他们对国家的平安富强并不高兴,而对国家的不幸却津津乐道,他们不为沙皇祈祷等等,而这时彼得因王子阿列克谢一案正在进行搜捕。他获悉,在王子所在的村子里住着分裂派教徒,他们都爱戴王子。因为上述种种原因,他就命令:"对于分裂派教徒的师傅要尽可能找到除分裂之外的罪责,严加惩治,流放服苦役。"

但是,在还自由的时候,被改革吓坏和弄得一贫如洗的数十万人逃到了荒原,按古老的俄罗斯规则生活。荒原成了人民逃避彼得改革过于沉重的负荷的保护地。

逃亡者开始大量居住到维格荒原上来,他们"聚集和居住在沼泽地、树林中,在山脉和山谷之中,在难以通行的湖泊、隐修院和修道室之中,谁能在哪里就在哪里生活下来。"

村社不加选择地接纳所有的人,他们只是问来者,是否记得尼康,那些记得的人立即就被接纳了,那些在尼康以后出生的和用两个指头画十字的人则要向神甫忏悔并再做洗礼,而那些用三个指头画十字的人,除了前面说的,还应用两个指头画十字。

村社发展得非常快,1706年决定为妇女单独建立一座隐修院。地址选在离达尼洛夫三十俄里的地方,在列克萨河畔,建起了修道室、食堂、医院和教堂,并用围墙围了起来,此外,还盖了牛棚和有粉碎机的磨坊,还派劳动力到列克萨来干比较繁重的田间活,这些人住在修道院墙外。与此同时,在达尼洛夫建起了榨油坊、牛奶场、洗衣场等,所有这一切连同牛棚都用围墙围起来,因为这里住的是妇女。

不论维格人多么努力想把一切都安顿好,他们却没有能做到。"庄稼冻死和谷粒生青"的年份时不时地重复降临,使大家陷入绝望,因为每逢荒年他们就得吃松树皮、干草、甚至野草。在遭到一连串颗粒无收的打击后,安德烈决心要消除造成饥荒的本因。隐修士们以非凡的毅力开始为自己寻找合适的土地,他们到过梅津斯基县,观察过波莫里耶,去过西伯利亚,还前往"低地",即伏尔加河沿岸的土地,而去"低地"又太远。最后选定了卡尔戈波尔县恰任卡的官地并在拍卖中购买了它。地很大,方圆有十六俄里,而且非常适于耕作,维格人甚至想搬到那儿居住。他们甚至派了谢苗·丹尼斯去诺夫戈罗德奔走请求准许搬迁。但是在诺夫戈罗德,谢苗因为是分裂派教义的宣讲师而被捕了,因此这一尝试未能成功,他们只能限于在田间干活时节派劳动者去那里。

这块土地对他们是个极大的帮助。现在已经不用去想庄稼冻坏的年份而过放心日子了。他们开始修路筑桥。在波韦涅茨县至今人们还用好话提及那些砍倒树、把它们铺在泥泞的苔藓沼泽地上或是用它们在小溪上架小桥的人。而在当时完全没有路的情况下,村社做的事对于该地区来说是善事。他们修筑了从达尼洛夫到恰任卡和列斯萨,到沃洛泽罗、普尔诺泽罗,到奥涅加湖、皮格马特卡和白海的路。在所有路上都盖客店,竖起十字架和路标柱，在奥涅加河、维格河、索斯诺夫卡河和其他河上建了桥，在村社里盖起了新的大食堂，有厨房，可以烤面包。也为马车夫盖了大屋子。还有许多新工场：制革的、缝纫的、制靴的、画画的、炼铁的、炼铜的等等。还盖了大马厩、马车棚、几个仓库、干活的屋子。最后，给安德烈一家和他亲近的人盖了大屋子，另一座大屋子是给港口管事及"临时逗留"和"结账"的伙计的。

最后这一点表明，这个时候村社进行着相当规模的贸易。

做贸易这个念头大概是来自于安德烈，那是在没有收成的年份去"低地"买粮时想到的。那时正好在建彼得堡，几十万人经常需要粮食，因此粮食能得个好价钱。他们就试着从伏尔加河沿岸省份购买粮食，经过维捷格拉运往彼得堡。这笔交易是有利的，于是他们就置起了自己的船只，在维捷格拉和皮格马特卡筑了码头，船只在奥涅加湖上维捷格拉、皮格马特卡、彼得罗夫斯基工厂之间行驶，驶往彼得堡。达尼洛夫开始富裕起来，积累了资本，储备了粮食，清除了饥荒的可能性。

在安德烈暮年达尼洛夫繁荣了。在它周围的密林中分布着从事耕作的农户。在牛棚马厩里有许多牛和马，在奥涅加湖上停泊着很像样的船队，广泛的慈善事业使这个"无僧派的耶路撒冷"名声远扬全国。村社的地位相当稳固，这可以从这一点看出来：完全烧毁了列克萨隐修院的火灾并没有给村社带来重大损失。很快就开始了新的建设，而且安德烈和大家一起在工地上干活，尽管他经常要动脑筋，根据对村社外部和内部的生活的观察，既要思索纯粹理论的神学上的问题，又要考虑实际问题。

实际上，达尼洛夫当时是一个不大的城镇，在六到八平方俄里的土地上居住着几百个人。它四周挖了深沟，筑了高墙。两座高高的带钟楼的教堂高耸于许多普通但坚固的两三层建筑之上。所有的修道室，也就是可容纳十人以上的屋子，有五十一间，此外还有十六间小屋子，十五间仓房，好些大地窖，两个大厨房，十二个板棚，四个马厩，四个牛棚，一个中心商场和五个客栈，五个干燥棚，两个铁匠铺，一个炼铜工场、焦油工场、缝纫工场、制靴工场、圣像工场、手工制作工场、抄写工场和其他工场，两所学校和两所医院。还有磨坊和砖厂，总之，城市生活所必需的应有尽有，分散在密林的许多耕户和隐修院都向这个中心延伸。

整个这一分裂派教徒的村社是在新旧世界对抗的基础上成长起来的，因此它的社会制度成为古老的俄罗斯自我管理的范例，所有重要的场合维戈列齐亚的许多隐修道院的代表都要聚集在一起。遇到极为重要的场合，维堡的和与维戈列齐亚相邻的乡的乡长也加入到他们的行列之中。至于说到行政权，那么主要角色是宗教中心达尼洛夫的代表，虽然在内部体制上维戈列齐亚隐修院是完全独立的，在这方面特别仔细地制定了达尼洛夫村社的形式，杰尼索夫兄弟写的《规章》使我们清楚地了解到这一点。

村社为首者是当家人，他被称为掌门人，起着最高领导的作用，权力高于所有其他选出来担任职务的人，他是从品质高尚的人中选出来的。起先履行这一职责的是达尼尔，后来是安德烈和谢苗·杰尼索夫，但是掌门人照样也要服从于会议，即达尼洛夫人和列克萨人的全体会议。

当家人后面,《规章》限定了管财务的修士、司章、管事和警务的职责。管财务的修士主持村社的内务,他应该监督四方面的工作:公共食堂、面包房、厨房和医院。司库应该细心保管好维格的所有财产,根据《规章》,他应把村社的财产看作是上帝本人的财产。在制革工场、制靴工场、成衣工场、炼铜工场和其他工场,他要监督干活。各个工场的工长会帮助他,司章只有通过工长才能起作用,另一方面没有司库的准许工长也不能采取任何举措。

服从管事的管辖和监理的是农作、木工、打铁、捕鱼、运输、脱粒、磨坊、牲口棚、各种家庭的活计和干活的人,他也要通过选举出来的工长发挥作用。

最后,警务应监督看守人,两个客房——内部的和外部的,监视来往的云游派教徒,监察教堂里的僧侣教士,注意他们在念圣经时,在修道室和公共食堂里的表现。除了这些职责以外,还有与官方来往相关的杂务,包括彼得罗夫斯基工厂、奥韦涅茨、诺夫戈罗德、莫斯科、彼得堡。

与经济方面一起发展的还有宗教教育。在这方面,就像在其他所有方面一样,村社应归功于四位杰出的人,历史学家这样形容他们:"达尼尔体现了基督温顺的黄金规则,彼得是宗教规章的神采奕奕的眼睛,安德烈是英明睿智的无价之宝,西梅翁是报喜的燕子和不停传播神学的嘴巴。"

安德烈在所有这些首领中具有不可估量的意义,他身上惊人地结合了各种各样的才能。起先他是个热情的青年,后来则是个机灵的生意人、出色的演说家、神学家和作家,他不满足于住地有"夷平的山","有通道的林",寺院的建筑,虔诚的亲如兄弟的生活,与宫廷和遥远的俄罗斯城市的广泛联系。他想通过系统的学校教育同样推进分裂派教徒的智力水平。因为联系广泛,经常与外部世界的交往,他感到自己从博学的伊格纳季那里得到的教育很不够,因此当伙伴们的物质生活多少有所保障之后,他就装作商人潜入到敌人营垒的心脏、异端邪说的发源地——基辅的神学院,在那里学习神学、演说术、逻辑学,在费奥凡·普罗科波维奇①本人指导下传教。安德烈又把自己的知识传给兄弟谢苗和一些亲近的人,此外,他还写了许多文章。顺便说一下,他是著名的《波莫尔斯基答案》的作者。总的来说,作为一个受过教育的人,古俄罗斯文字的行家,他的意义是重大的。有证据说明他与外国人有交往,也确实知道,在丹麦有人知道他。

安德烈建立的学校在分裂派世界中起着巨大作用。从俄罗斯各地分裂派教徒把孩子送到这里来学习。送来这里的小姑娘特别多,她们在这里学识字、书写、唱歌、家政、手工制作。这些预备修女住在特别的屋子里,那是有钱的父母为她们盖的。

在放《圣诗选集》的明亮的大房间里经常有人抄写古书和分裂派文学的新作品,然后这些抄写本就由这里传向全俄罗

---

① 费奥凡·普罗科波维奇(1661—1736),彼得一世的战友,教会活动家,政论家、诗人、戏剧家、当时俄罗斯最有学问的人之一。——原注

斯。达尼洛夫隐修院图书馆里的书是分裂派教徒在旅程中以极大的毅力搜集来的,是俄罗斯宗教古代文献的最丰富的收藏。在物质保障和智力提高的同时,在达尼洛夫也发展了独特的艺术。达尼洛夫画法的圣像得到了行家的高度评价。达尼洛夫的朝圣者把铜和银浇铸的十字架和折叠神像带到了全俄罗斯。

☆ ☆ ☆ ☆

所有这人民独立精神的惊人创造在存在了一百五十多年以后消失得无影无踪。现在只能借助于书籍、老人——以往富足的见证人的叙述,最后还有经常可以在奥涅加湖彼岸农民家里见到的圣像、图画、书籍及许多物品,才能勾画出过去昌盛的图景。这些达尼洛夫的物品甚至在几千俄里外,在遥远的伯朝拉……都能找到。

在曾经是繁荣的城镇的地方现在是一个可怜的小乡村。那里有一座东正教教堂,有神父、助祭、文书和村长,可以不去注意维格河岸上半毁的大门,墓地上几个分裂派教徒的坟墓,几座达尼洛夫的老房子。不过,鲁巴科夫老头好像曾经是警务,现在按传统叫当家人,他还会讲一些维戈列齐亚昔日的辉煌;他会含泪向旅游者讲述推毁民间圣地时一切不必要的残酷行径。

根本无法说,对分裂派教徒来说什么更为艰难:是战胜维格地区严峻的大自然呢还是躲避政府常悬在他们头上的达摩克利斯之剑。①

起初政府有一些迫害分裂派教徒的理由：他们不为沙皇祈祷，把人吸引到分裂派，藏匿逃亡者。众所周知，无僧派教徒与尼康改革的世界彻底断绝了关系。等待这个世界末日的到来，不可能找到尼康改革前涂过圣油的神父，还有人们自古就已习惯没有神父的荒凉北方——这一切导致了这些分裂派教徒不接受圣礼仪式，他们向长老忏悔，自己给孩子洗礼，不承认婚姻。

这样一群封闭的人，虽然住在密林和沼泽地，却有着巨大的影响，当然，是会使政府感到不安的。这就是为什么我们在历史学家菲利波夫的著作里常会读到有关"捕捉"谢苗，达尼尔和其他危险分子的章节。但是安德烈和达尼尔奠定的禁欲主义的修道思想，随着分裂派教徒习惯了共同生活，也变得有血有肉起来，不可避免地与尘世妥协。根据彼得的命令，分裂派教徒为战争制造武器，后来在安娜·约安诺夫娜执政外国人统治时期，政府对维格人采取了一系列惩罚措施，他们甚至同意为沙皇祈祷，关于婚姻也是这样。鉴于不可能消除"干草"和"烈火"的接触，决定把有情人送到隐修院过家庭生活，后来就完全承认了婚姻。随着维格人富裕起来，他们完全失去了阴郁的禁欲主义者的性格。这就是为什么在波莫尔斯基派村社短暂的历史进程中会分出一批急进的无僧派别：费多谢耶夫派，

---

① 希腊传说：叙拉古国的大臣达摩克利斯美慕王位。一日国王设宴，请他坐在王位上，并用马鬃吊一把利剑，悬在王位上空，暗示当国王不易，时刻受到危险。今喻时刻存在的危险。——译注

菲利波夫派等。

根据这些生活事实似乎自然会得出对维格人的不难理解的政策。政府有时候也明白这一点。分裂派教徒在叶卡捷琳娜时期日子特别好过。这个时期甚至取消了彼得一世定下的加倍税额。关于这一点叶卡捷琳娜的一个同时代人写道:"过去分裂派教徒缴双倍税额,但在我们这太平盛世信仰和思想都解除了束缚,向他们征双倍税额也取消了。"

维戈列齐亚平安地存在到尼古拉统治的严峻时代。当时政府根本不顾及人民精神的亲近方面,也不考虑在那么荒凉的地区村社的经济意义,就消灭了它,达摩克利斯剑正是在分裂派教徒只带来好处的时候砍了下来。

在破坏隐修院这场悲剧的整个过程中,可以注意到内务部与国家产业部的斗争。富裕的村社的存在对后者是有利的,因此尽他所能斗争过,但是最后还是让步了,村社遭到了最野蛮的破坏。起先借口"扩大林区"实际上不过是为了便于监督,夺取了维格河畔最好的土地,后来把东正教农民移民到维格,他们是由普斯科夫的一名地主释放的无地自由民,寄希望于团结起来与"这些遥远的部族"做斗争。

1857年6月7日,如巴尔索夫所述,"晚上维格人在教堂里聚集作彻夜祈祷纪念约安·博戈斯拉夫日,当家人从修道室中拿出圣像,以便在它面前唱颂歌。这时官员斯米尔诺夫带了区警察局长、乡长和见证人突然来到教堂,向聚集在那里的人宣布,要他们停止祈祷和走出教堂,接着就给教堂贴了封条并设了警卫。"第二天早晨"圣像、书籍、十字架、折叠神像堆得像山一般高，不知运到哪儿去了。"据说，官员们故意坐上大车，以表示自己对坐在下面的那些东西的轻蔑，教堂和其他建筑物后来当着分裂派教徒的面被摧毁了。

"您听说过十月十七日颁布的信仰自由的诏书吗？"我问分裂派教徒老头。

"怎么没听说，听说过，听说过，"老头回答说，"谢谢皇上，他是仁慈的。"接着他又若有所思地补充说，"只不过现在自由用来作什么呢？现在我们发展不起来。"

一个旅游者（马伊奥诺夫）注意到卡累利阿岛上的一个老婆婆柳博芙·斯捷潘诺夫娜·叶戈罗娃，她是最后一位当家人的女儿。旅游者在自己的旅行随笔中提到她是个唱壮士歌的能手，仅此而已。另一个旅游者（H.E.翁丘科夫）最近（1903年）得到了她写的日记（暂未出版）。他在自己的叙述中对已经去世的老婆婆写了一些热诚的话以表纪念。最后，根据我从卡累利阿岛居民叙述中获取的情况，我想确定维格地区达尼洛夫的分裂派的终结是与这位值得注意的妇女的名字联系在一起的。达尼洛夫的分裂派是在柳博芙·斯捷播诺夫娜·叶戈罗娃的祈祷室中终止了自己在卡累利阿岛上的存在的。

☆ ☆ ☆ ☆

在卡累利阿岛，在我住的那座屋子对面，从高大的枞树丛中可以看到乡村教堂那独特的黑乎乎的尖顶。教堂旁边的椴树下杂乱无章地竖着嵌着十字架或铜折叠神像的标杆。有些标杆已经倒下了,其中有些十字架和折叠神像脱落了。墓地上总的来说乱七八糟,丝毫看不出死去的人们和活着的人之间有什么联系。

乡村教堂里却完全是另一番情景:那些古老的圣像挂满了白毛巾,古老的书籍整齐地放在桌子上,可以猜测到这里有一颗关爱和操劳的心。这里堆放着墓地上搜集来的十字架和折叠神像,那里则是烧剩的蜡烛,长链手提香炉——全都放得井然有序。墓地上是一片狼藉,漫不经心,对人的轻蔑,在乡村教堂里则可见对与祈祷、与上帝相连的一切的热爱迹象。显然,这是分裂派教徒的墓地和乡村教堂。

在转述卡累利阿岛上的达尼洛夫分裂派怎么结束自己的生命之前,我要对北方的乡村教堂的意义讲几句话。乡村教堂看起来并不漂亮,教堂的外面已经半毁,可是在当时内部的宗教生活却相当丰富。

有些研究者在研究这些乡村教堂和北方的木教堂时,发现了它们在俄罗斯的建筑中有独具一格的特点。他们断言,不论俄罗斯的木建筑多么复杂,基本上都能找到墙斗,也就是四个角用原木垒起来的有一定高度和宽度的木墙,原木垒起几排,在墙角处榫接起来。在我们北方可以注意到,根据需要这种墙斗或变成乡村教堂,或变成屋子,或变成教堂,还有成为复杂的木建筑。

在从波韦涅茨到达尼洛夫的途中,在加布谢利加村,我观察了那里一座古老的教堂,我便想起了这一切。这座教堂是最平常的房子,它由两个墙斗连接起来,一个墙斗上面是角锥形屋顶,那里挂着钟,这是钟楼,屋子另一头,在第二个墙斗上方高耸着葱头形屋顶,就像古代为了美丽盖起楼阁一样。在屋子的这一边进行祈祷——这才是教堂本身所在。

由于独特的自然条件,这里的乡村教堂往往是从远古时代保留下来的。这里气候严酷,有数不清的湖泊、河流、森林、沼泽,神甫不能及时赶到主持仪式,人们就在自己人中选择一个虔诚的人来主持,不用神甫也能对付。这就是为什么无僧派的分裂派很容易为北方的居民所接受,甚至好像正是因为有了这样独特的自然条件这一教义才发展起来的,就是这一切导致乡村教堂取代教堂在北方盛行起来。

在卡累利阿岛上每星期天我都从自己窗户看到,被岛民选为乡村教堂守护者的庄重而虔诚的伊万·费多罗维奇走到教堂去,打响小钟,这完全像两三百年前那样。渐渐地穿着节日盛装的"渔夫"便聚集到乡村教堂里。伊万·费多罗维奇点燃蜡烛,把长链手提香炉拿到手中,走到每一个在场的人跟前,为他们在这种情况下从怀里掏出的十字架摇炉散香。每逢星期天是这样。但是逢大节日,比如彼得节①,神父就坐船从有乡村墓地的教堂来到这里,他就像在东正教教堂里那样,按全部规矩主持祈祷,而虔诚的伊万·费多罗维奇就站在神父身旁,怀着极大的虔敬履行着诵经士和执事的职责。

伊万·费多罗维奇是达尼洛夫村社最后一个当家人斯捷潘·伊万诺维奇的孙子,分裂派最后的活动家、卓越的妇女柳

---

① 东正教节日,俄历六月二十九日。——译注

博芙·斯捷潘诺夫娜的儿子,而神父是东正教的,由教区主教任命的。这样,在这个拥挤的乡村教堂里,在这荒僻的小村子里,时间把俄罗斯宗教生活中曾经是不可调和的两种因素联结起来了。①

有一次,我经过一个乡村,向聚集在街上的人打听,神父住在什么地方。

"你干吗要和神父搞在一起,"他们对我说,"别去找他。"

原来他们不喜欢神父,他吝啬,不接受云游派教徒,还抽烟喝酒,因此,为表达他们的不满,全村人讲好不去作午祷。而以前这个村子里的神父异常善良,大家则经常上教堂。因此当地居民是没有定数的:或者附和东正教,或者采用分裂派传统的遗风,这全取决于神父的个性。

比如,卡累利阿岛上一个上了年纪的人,六十岁左右,他称自己是个东正教徒,但实际上他对宗教完全是无所谓的。他的父亲是个旧教徒。

"为什么你转信东正教呢?"我问他。

"是这么回事……有点尴尬,大家都聚集起来庆祝节日,而你自己一个人吃喝。现在日子不同了,不能当旧教徒,首先,怎么掩盖死者的身份?必须得向神父报告,可是一报告,你就完了,我父母都是旧教徒,而我转了……我发生过一件事,差点判罪。洗礼节时我去顺加鱼市。我娘有病,我不在时

---

① 当然,作者并不把这一事实看作具有普遍意义。——原注

她死了,愿她进天国,那时我们那里没有神父许多人就下葬了,就是现在,离有墓地的乡村教堂远些的人也就这么葬了,通常是有人要死了,马上到神父那里去忏悔:这样那样说一通,神父,父亲死了,我要安葬。神父应该知道,人消失到哪儿去了。嘿,神父要在我们那里拿了该拿的钱,喝一瓶酒或两瓶酒的钱,事情才能了结,可是我不在家,没人到神父那里去。一回到家,我娘已经在坟墓里了。屋子里坐着神父,甲长,证人。我说,神父,我有罪过,我去卖鱼了。他什么也不想听。他说,我们要把你流放去西伯利亚,以此警诫别人。甲长对我耳语说,'去吧,加夫里拉,给他带瓶酒来。'我去了,带了一瓶酒回来,让大家都看得见。神父看到了酒。'甲长,'他说,'还有你们这些证人,你们走吧,我们以后再来决定这件事。'他喝光了一瓶酒,坐上雪橇走了。"

这是很久前的事了,对现在的神父,就是逢节日到卡累利阿岛与伊万·费多罗维奇一起主持祈祷的神父,谁也没有说他坏话。我比较接近这个虔诚但病态的年轻神父,了解到许多有趣的事,下面就是他的简短经历。

最初,从宗教学校直接来到分裂派的文化中心时,他决心要投入斗争。他给自己提出的最初阶段的任务是亲自迎接每个出生的人和送走每个死去的人,虽然在这么大的地区要做到这一点是根本不可能的。他的教区分布在这个幅员辽阔的地方,有些乡村位于荒凉的偏僻之地,周围是难以通行的沼泽、河流和湖泊。他走的是勉强可辨的林间小径,经常被倒树、枯树、树墩弄得磕磕绊绊,有时则陷进齐膝的泥泞的苔藓沼泽中。这个有病的人就这样从一个乡村走到另一个乡村走了数十俄里。在需要做祈祷时,他就肩负起巡回教堂的职责。有一次他遇到一头母熊,有一次在湖上暴风雨毁坏了小船,他被抛到岸上,有一次他跌入湖里的冰层下。最后他明白了,在这样的教区里他的任务是无法完成的,为了使上面注意这一情况,他对一个不通知他就埋葬了孩子的分裂派教徒提出控告。

他采取这一步当然使居民们反对自己而于事无补。大主教来了,他确认,在这样的教区要履行神父的职责是不可能的,他还发了话,要把教区分为两个。但是大主教去世了或者是调走了,而教区则依旧未分。

只能容忍这种情况,对分裂派教徒睁一眼闭一眼,为已安葬的人作安魂祈祷。于是他的日子也就过得比较轻松,简单,居民对他的态度也好了。

"要知道,"他对我说,"现在我确认,在精神方面分裂派教徒比我们要高得多,高得多……无法比较!……"

☆ ☆ ☆ ☆

伊万·费多罗维奇,卡累利阿岛上乡村教堂的守护人,本身没有什么特别之处,这是个庄重、虔诚、很谦虚的人。不过,在他的经历中可以指出的是,他曾拿了一根冰镩去对付熊,但是他的母亲柳博芙·斯捷潘诺夫娜·叶戈罗娃在当地是个非常有影响的妇女。达尼洛夫隐修院被彻底毁了,有了她分裂派的中心才转移到卡累利阿岛上,并像一颗小火星在这里微微燃烧了几十年，直至完全熄灭。

柳博芙·斯捷潘诺夫娜是卡尔戈波尔县人，达尼洛夫村社最后一个当家人斯捷潘·伊万诺维奇的女儿。还在童年时她父亲就来到达尼洛夫，从当牧童开始，由于他富有才能而达到当家人的地位。柳博芙是在修道院长大的，看来，她学会了分裂派文化所能给一个妇女的全部知识。

在修道院图书馆她阅读了许多书籍，非常出色地知道手工制作，在羊皮纸上画水彩画，用丝线来绣画，还会作诗。一个研究者从她儿子伊万·费多罗维奇手中得到她画的画，其中有一幅是：在森林深处可以见到一座小房子，林中空地上站着两个女人，下面题着诗：

啊，友谊，生活的宝贝，
你是上天给好人的馈赠，
你把分开的人联结起来，
你使绝望的人忍受命运，
你把微笑归还给忧闷……

柳博芙·斯捷诺夫娜嫁给达尼洛夫的乡长费多尔·伊万诺维奇，不久就与他迁到卡累利阿岛上，就在这荒僻地方度过了一生。有时忍受了极大的贫困。隐修院完全被毁灭之后，所有维格的旧教徒聚集在她周围，她家上面有一间祈祷室，那里保存着隐修院遭毁时隐藏下来的东西：圣像、书籍等等。据说，冬天有一天从达尼洛夫运到柳博芙这里七大车东西。紧接着就有一个"委员会"（这里的人这么称呼时不时从湖上或树林里来的一批批的官员）。但是父亲及时提醒了柳博芙·斯捷潘诺夫娜，所有的东西都及时藏到了岛上，农民们当然不会泄露出去，在审问时回答说："我一点也不知道，我什么都不知道。"委员会一无所获地走了。

但是柳博芙·斯捷潘诺夫娜的事业从那时起不知怎么地就动摇起来了，无以为生。大家决定在波莫里耶出卖宝贵的书籍。费多尔·伊万诺维奇向人借来了马运送达尼洛夫的宝物。但是在湖上他下面的冰塌了，不仅所有的东西都沉了，连马也淹死了。那时真正开始了一贫如洗的日子。但这时这位优秀的妇女没有气馁。尽管有各种不幸，她始终关切培养孩子，而主要的是她自己继续在精神上完善和发展自己。还在出嫁前她就开始记日记，一生都未中断。这部日记有一部分是用诗写的，它包含了许多材料，对于弄清隐修院被封闭时人们的思想情绪是很有价值的。

宗教思想的内部修炼看来直至生命终结她也没有歇息，否则用什么来解释她最终转到了东正教方面。[①]据说，老婆婆在生命的最后几年整天在卡累利阿岛上的学校里学习。这所小学校的一位女教师告诉我，听课对她来说就是祈祷，她聆听教师讲授的所有细节，学会阅读新的书籍，所有的教科书几乎都能背出来。

[①] 笔者倾向于把旧教派看作是坚定的东正教，只是在相对意义下把它与"分裂派"对立起来。——原注

也许，在这个分裂派教徒老婆婆倾听和思考世俗的教学时，她想象着，在这个荒僻的岛上展开了广阔自由、不受分裂派限制的生活……

就这样她最后转向了东正教。

隐秘教派教徒

在荒僻的还未被砍伐的阿尔汉格尔斯克省的森林里,在这些"荒原"里或单个或一小群苦行修士生活在小屋子里,这些人在当地被称作隐秘派教徒或云游派教徒。在林中打猎的猎人有时会在湖畔的林中遇到这样的小屋,就敲敲门,走进去了。那里住着一个老人或一个老婆婆,墙上挂着黑乎乎的神象,小架上放着古书,墙边是一张床。常常也有几座屋子在一起的,有时还有小菜园子,那里长着土豆。夏天猎人在屋子里休息,冬天在屋子里取暖。他清楚地知道,不能向这些人打听,他们是什么人,从哪里来。但是在这个地方这甚至不会使任何人惊奇。人们过自己的日子,隐居着,拯救自己的灵魂。

这个云游教派竭力要恢复维格的先驱者们所过的那种生活。他们的教义与那些苦行僧的教义非常相似,使人觉得仿佛并没有经过百年的尝试似的。似乎伐林把这些人吓坏了,迫使他们转移到更为荒僻的地方去。而当那里也面临着原木的输出时，他们就与熊、鹿、犴一起躲到更远的阿尔汉格尔斯克的深山老林中。

虽然维格荒原被毁并不久远，但是维格人，或是波莫里耶人，却早已不是整个无僧派的主宰了。随着他们习惯于普通的生活，同周围环境相一致，从他们中间分出了一些不愿做让步的人，他们建立了新的教派。

最先分出来的是费多谢耶夫派。分歧来自婚姻问题。维格村社的组织者，众所周知，采用了修道院的规章：村社成员应终生不结婚。最初那些有思想的和坚定的禁欲主义者很好地经受了这一切。随着迫害减少，普通人从四面八方汇集到村社，他们要寻找的只是支柱，活动。要遏制"干柴"和"烈火"的结合已不可能。"在我们维格荒原，"伊万·菲利波夫写道，"违反法规的罪孽和各种错误多了起来，限于羞耻都无法写这些事。"安德烈·丹尼斯是个很讲实际的人，在达尼洛夫保留修道院的规章的同时，他开始把结婚的人送到隐修院，这以后波莫里耶人渐渐地也就承认了婚姻。但是另一些以费奥多西伊为首的无僧派教徒却不同意，原则上不承认婚姻，实际上允许违背教规，甚至到了不可容忍的地步。除了婚姻问题，当然，还有许多其他不一致的地方，这就把无僧派分为敌对的两教派——波莫里耶派和费多谢耶夫派。两方面发生了许多争论，拿出了各自的论据。在所有想解决生活中这一大问题的企图中，伊万·阿列克谢耶夫的教理是值得注意的。他想要证明，无僧派教会应该承认在尼康教教堂中举行婚礼的婚姻。他是这样论述的：婚姻区别于其他圣礼的是，传递神赐的力量不必与举行一定的仪式相连,是上帝本人使有生命物的本性具有生育和繁殖的要求。由于结婚的人相爱一致,上帝赋予的这种要求就成为圣礼的实质。"教堂的行为"只是一种形式,是普通的"全民的习俗",它使婚姻得到全民的同意,而神甫只不过是代表大家见证这种结合。过去"自然法则"是不以任何"规矩"为转移的,后来为了使婚姻牢固便出现了"书写的法则",同时还有"规矩"。古代基督教教会就意识到这一点,它对从别的信仰传过来的已有家庭的人不再举行结婚的圣礼。无僧派教会应该遵循这个范例,承认在尼康教教堂举行过婚礼的婚姻,这只不过是公开证明婚姻的事实,而圣礼本身是由上帝和"新郎新娘彼此的良好意愿"完成的。

可是,伊万·阿列克谢耶夫生前未能贯彻自己的思想。只是渐渐地他的教理在维戈列齐亚为人们所接受,并形成了两派:波莫里耶派——结婚的人,费多谢耶夫派——不结婚的人。第三派菲利波夫派是在维格人迫于政府的压力而不得不承认为沙皇祈祷的时候产生的。这个时候这一派的奠基人菲利波夫扔下了长链手提香炉,带着自己的追随者走出了乡村教堂。他开始宣传,不仅仅彼得,而且在他之后所有的俄罗斯君王都是反基督者。在他受到迫害时,他就与自己的弟子自焚了。在焚烧者的灰烬上产生了最阴郁和不妥协的无僧派教派——菲利波夫派。

但是,生活本身大概已经没有曾经创造分裂派教义的那些条件了,刚产生的教派还没有存在多少时间,又开始分成新的支派。这种局面竟发展到这种地步:有人告诉我,现在在波莫里耶,同一座屋子和家庭内,炉子上躺的是一个教派的代表,而在板凳上坐着的却是另一个教派的代表。

显然,"尘世间"没有这些教义的位置。需要创造出一种教义能排除与"尘世"相一致的各种可能。需要做到使人不可能在尘世站稳脚跟,安顿好一切,要剥夺他长久与人们在一起的可能,要让他永远变换地方,永远漂泊,或像早期的父辈那样孤独地住在荒原。

所有这些思想为云游派创始人叶夫菲米所接受。这是个坚定不移、信仰虔诚、有铁的意志和永不妥协的人。他的天性中有一颗炽热的心灵和探索的精神,但是不利的生活条件更激化了他对生活的要求。他一生都只想着:"什么地方能为自己的灵魂找到一块安宁的地方。"他曾是神职人员,在佩列斯拉夫尔唱诗班当歌手。后来征他去当兵。军队生活的条件与他的天性完全是不合的。他逃跑了,起先他与菲利波夫派的人在一起,但是后来他想影响他们的一系列尝试都未成功,还给自己带来了许多不快。他只能离开他们的修道院,去了雅罗斯拉夫尔。

在这里他开始宣传自己的思想,很快就有了一些影响。在叶夫菲米的心灵中描绘出在无穷的远方有美好而安宁的天堂生活。按他的信念,在尘世是反基督者在统治,必须像洛特逃跑[①]一样,头也不回,不管过去地逃跑,逃跑。

---

① 洛特是基督教圣经中犹太人始祖亚伯拉罕的侄子。根据圣经,他从索多姆逃跑,因为上帝为惩罚索多姆居民的罪孽,要毁灭索多姆。——原注

难道在野兽统治的地方能拯救灵魂吗？这野兽的第一只角是阿列克谢·米哈伊洛维奇，而第二只角是他的儿子彼得。阿列克谢·米哈伊洛维奇帮助尼康破坏了信仰，而彼得实施了人口登记，把人分成各种等级，划定了土地、河流、庄园；他遗言"每个人应该照看好自己这部分，不给别人任何东西"，他建立了行会，制定了反抗上帝的规章，恢复了内讧的争吵，谩骂，打斗……皇权——这是撒旦的圣像，而所有的军权和民权是他的魔鬼，所有服从皇权的人都向撒旦的圣像膜拜。世界临近末日：将来不会有收成，何必耕地播种，将来不能住在城市里，何必去建造它呢！出路只有一条：逃离反基督者的统治。上帝本人说过："每一个为了我抛弃家，或兄弟，或姐妹，或父亲，或母亲，或妻子，或孩子，或村子的人，将受到百倍欢迎，并留下永恒的生命。"

云游派教徒不应有个人财产，而应为上帝生活。叶夫菲米根据圣经来证明，甚至"我的"这个词也是从魔鬼那里来的，上帝创造的一切都是为了所有的人的。

但是在生活中叶夫菲米的教义却必须容忍某些背离规章的情况。这样，云游派教义的追随者就分成两派：绝对意义上的云游派、隐秘派、苦行修士；在当地过平常生活的云游派——善人，但最后他们应该转到前面一派去。

☆ ☆ ☆ ☆

在离开维格地区之前，我开始打听，怎么才能与隐秘派教徒交上朋友。有人建议我这样做：随身带上旧圣像、茶杯，像当地人那样穿戴，随便住在哪个善人的家里，然后当着主人的面用两个指头画十字，用自己的杯子喝水，向自己的圣像祈祷，悄悄地请求主人别向警察告发自己。那样所有隐秘派教徒——善人的门似乎马上就会向你打开，与此同时往往也包括住在秘密地方的真正的隐秘派教徒。但是这种喜剧不合我的心意。最后一位神父建议我这样：

"您去普洛泽罗，住到穆哈那里，这是个有趣的奇特的人，是隐秘派教徒——善人。他读了许多斯拉夫语的书，很虔诚，以自己的方式美满地安排了家庭。他有非常好的新房子，非常舒适。只不过决不抽烟！您甚至必须放弃喝茶，他没有茶炊。您喜欢谈论打猎，那么他是我们这里首屈一指的猎兽人。如果您与他交朋友，他会对您讲隐秘派教徒的事的。"

我决定这样做。在去普洛泽罗的路上，为了引出谈论穆哈的话题，我对送我去的老猎人菲利普（就是我在随笔《猎人》中介绍给读者的那个人）说，我想住在穆哈家里，但是没有茶喝可不习惯，据说，他没有茶炊。

"穆哈没有茶炊！"菲利普嚷了起来，"谁这么对你说的，他神志清醒不清醒！穆哈家里什么都有，穆哈绝不会为这样的小事去求助于邻居。穆哈没有茶炊！穆哈有两个茶炊，他自己不喝茶，孩子不喝茶，可是如果客人来了，那就喝吧，随便喝多少！在我们这里穆哈是首屈一指的人，你瞧，他为自己盖了多么像样的大木房。他又是个多么出色的猎人呀！穆哈去林子，林子里就什么都有，他知道所有的树林，他既能打野兽，也能捕到鸟。"

在了解了维戈泽罗的生活之后听到这样的话感到很奇怪。通常那里的人彼此很少讲好话的。实际上，经济上安排得颇好，不用抱怨贫困生活，同时又有着坚定的观点的人，几乎是见不到的，可是就有人在难以通行的密林里离群索居，把生活安排得很好，让大家都羡慕，还信奉否认任何财产的宗教教义。但是穆哈为什么会富裕起来呢？

"他是个猎人……"菲利普含糊地回答，"派儿子到波莫里耶去……"

他说不下去了，仿佛预感到可能会问他：那你也是猎人，你不是也有孩子吗？"是怎么回事呢！"他大概想，"我们这里真的没什么能让人发起来的，只有森林、水和石头，可是穆哈就发起来了……"菲利普不知怎么说好，犹豫着，最后说：

"知道吗，穆哈很吝啬。"

谜底找到了，接下来就可以带些轻蔑地说他了：

"没有人来往，茶不喝，伏特加也不喝，这样的林中生活算什么。他是个苦行修士，他能这样生活。在自己家里他是个沙皇，可是你瞧瞧他怎么去参加婚礼。一个人独自坐着，人家给他倒一杯热水，他就喝水，真是无聊透了！……不过话应该这么说：吝啬但不笨，他会给自己觅财。"

在我拜访过穆哈以后，讲故事人马努伊洛对他的发迹讲了这样的传奇。

在围绕着普洛泽罗和希若泽罗村的荒凉的树林中，苦行修士们散居在各个地方。一些人住在一地不动，另一些人则到处漂泊，去了波莫里耶，又从那里折回，去雅罗斯拉夫尔，去莫斯科，他们中没有哪一个不经过穆哈这里的，全都在他这里寄居停留。此外，作为猎人的穆哈知道所有的树林、树木和树墩。他把面粉、书籍、新闻等带给林中的这些修士。有一次穆哈好像是送一个有钱的隐秘派教徒去树林，那人却在途中死了，穆哈葬了他，这以后他就盖起了价值可观的房子。

这当然是杜撰，因为谁也没有看见穆哈葬了隐秘派教徒和拿了钱，但是在隐秘派教徒中穆哈所起的作用是肯定的，这就是为什么我要在这里作这样的说明。

普洛泽罗村很小：几所小屋子，几座被钉死的屋子，显然那是被主人遗弃的，他们经受不了树林包围的荒僻之地的生活条件，在一片黑乎乎的小屋子中，穆哈那座又大又漂亮的价值可观的两层楼房真是鹤立鸡群了。

我们走到房子跟前时，房子台阶上正站着一个上了年纪的妇女，赤着脚，正像这里习惯的那样，裙子束得高高的。望着归来的畜群，她激动地叫喊着：

"不，不，如果牲口不回来，就再也见不到了。谁作的孽呢？野兽吗？不，不是野兽。它也需要吃东西，野兽也是上帝创造的，野兽不会无缘无故吃牲口的。这是该死的巫师在此害人，而你却得替他们受到报应。有人曾把这个马克西姆卡扔进水里，没有淹死这个害人精。"

平静下来后，女主人开始为我们端上茶炊。主人很快就会从湖上回来的。就在这时我犯了一个不可原谅的错误，为此后来我一夜都没有安眠。

在旧教徒家是不能抽烟的,我知道这一点,所以就走到过道屋去抽。我不隐讳自己的习惯,同时竭力显示出,我虽然抽烟,但还是尊重他们的规矩的。在穆哈家我也采取这种方式,我走到台阶上,边抽烟边欣赏湖面上落日的景象。

我看到小船驶近了,坐在船尾的是一个大胡子的人,有两个人划着桨。这时女主人手中拿着别丹式步枪,牵着狗,从我身边奔过。大胡子的舵手拿着猎枪,狗跳进了小船,过了一会儿小船停在湖湾对面树林边,黑乎乎的……舵手就是主人。我后来才知道,只是因为担心在林中丢失的母牛和必须立即去寻找才牵制了他,没有把我这个"烟鬼"逐出家门。而我当时却毫无顾忌,自管自抽着烟。

天已经晚了,女主人让我在帘子后面的床上休息,我躺下就睡着了,有什么模糊的声响吵醒了我。突然我看到,帘子被拉开了,出现了一张大胡子的脸,还有一头蓬乱的头发。

"谁躺在我家里的床上?"我听到一个生气的声音。

我没有作声。我又能说什么呢!

"马上告诉我:你在哪里出生的,从哪里来,到哪里去,要干什么。"

而我却不明白,这对我这个客人来说是多大的侮辱。隐秘派教徒无论如何也不会互相询问,他们在哪里出生的。一般来说,就是对别人,这样的问话也被他们认为是举止粗鲁的。强调问题,还把它们分开来问,这是他要加强问题的严重性。

但是,通常认为是受到了特别侮辱的这种做法,我却并没有反感。我觉得,这不是普通的小市民的指责,而是有理由的不满表现。对这样的问题该回答什么呢?我起床穿衣。

看来,老人喜欢我这种态度,就口气变缓和地说:

"要知道我不认识你,也许——你会把我的房子烧了,而房子价值可观,孩子又不在,只老婆一个人,随便什么事你可能都做得出来。我们的婆娘又懂什么……得了,你躺下吧,明天再来弄清楚。躺—下—吧!要不随你便……"

我躺下了,直到第二天我们才分别。

☆ ☆ ☆ ☆

早晨我察看了房间,到处都洁净,整齐。墙上挂着两把猎枪和火药盒,在架上放着一本大书,书上有一副眼镜,屋角放着圣像,更正确地说,是块黑木板。主人走了进来,停在门边,他用怀疑的不友好的目光睨了我一眼。大概,这个出了名的猎人、捕兽人也是用这种目光窥视熊的。但是与此同时他的脸——头中间分开的整齐的分头,彼得时代以前式样的大胡子(它从未修剪过,结果变成一绺一绺卷发,这样使任何脸都像尼基塔·普斯托斯维亚特①的脸)——却又流露出某种完全不同的神情。这样的人拿下墙上的猎枪,戴上帽子,防蚊面罩,带上背篓——就是个猎人;梳好头发,戴上眼镜,翻开古书——

---

① 苏兹达尔的神父尼基塔·康斯坦丁诺维奇·多勃雷宁,因为异端邪说而被官方教会叫作普斯托斯维亚特(意为表面遵奉信仰仪式的人),是给索菲娅公主呈文捍卫旧教的发起人之一,1682年7月11日被处死。——原注。

就是博览群书的旧教徒。这样的人总得时刻警觉着：不是守候熊，便是倾听别人的话，以便做出敏捷的回答。

我们当然是从熊谈起。他顺利地把母牛找回了家。使我感到惊奇的是，这个地区读书最多的人也对我说，巫师做害人的事，最坏的是马克西姆卡，穆哈本人不仅不给牲口驱邪，而且根本看不起那些让巫师驱邪的人。

"意志薄弱的人才需要这样做，"他对我说，"我直接求助了上帝，而他们因为意志薄弱就找巫师。巫师弄清楚是怎么回事，就害人。"

我想赢得穆哈对我的好感，就对他说，有个上校正在北方找廉价的熊窝，我告诉他上校的地址。

穆哈很满意。

"当然，"他说，"这对老爷来说是很有意思的。只不过正像上校对你说的，这种事一点也不可怕。我打死了无数熊，但一次也没有受到伤害。上帝为人征服了熊。"

我们谈到了贫困，地里的石头，冻坏庄稼，地方自治局和官家的压迫。随着我每讲一句话，他就越来越确信我见多识广。最后他忍不住喊了起来："嘿，真是个聪明人！"

从这一刻起我们便成了朋友。穆哈已经开始平静地讲述地方当局的种种不是。原来这里也有政治，而且还很有政治！这里，在这个小村子里，住着守林员，他应该守护公家的树林，这个守林员就像任何人一样对大家来说是个幸运的人：跟大家一样的这么一个大汉一年可得一百卢布的薪资，却可以什么事也不做。但是他个人是不幸的：薪资使他抛弃了得益甚少，比苦役更甚的活计。他就是长官,这就使他永远为自己和为家庭提心吊胆:万一有什么事就把他从这个位置赶走了。守林员有很大权力,他能使大家都感到很压抑,大家都要到他那里去"听训斥",听谁有什么过错。穆哈讲给我听有关守林员的一件事,很有趣,对这地方来说也很有代表性。

有一个猎人在禁止打猎的时间打死了犴,照这里人说,是"推倒了根基材"。后来他把它拖到村子里,用针叶树枝盖起来。猎人回家去了,守林人发现了这事,就把犴拖到自己的屋子剥了皮,腌了肉,放在桶里。猎人知道了,不仅没有去"听训斥",反而告了守林人,掀起了一场风波。林务官来了,案件处理得很简单:做了猎人违法行为的事后记录,而守林人受到了林务官的家庭斥责。结果是猎人因打死犴而坐牢。

"寄生虫!"穆哈结束讲话时说,"我到过波韦涅茨,"他继续说,"啊,上帝,那里多少寄生虫呀:除了寄生虫还是寄生虫。要他们干什么呀?"

渐渐地我确信,穆哈嘴中所说的"寄生虫"指的不光是坏官,守林人,也统指不像他这个伟大的劳动者那样直接从树林、水和土地中谋得收入的人。在波韦涅茨有寄生虫,那么别的地方呢?但是穆哈没有去过更远的地方。他只是从书本上知道,更远的地方便是反基督者无限大的躯体。

这样我们的谈话便从政策渐渐转到了宗教问题上。穆哈一发现我对这方面感兴趣,就把自己的怀疑忘得一干二净,变了样。在我面前坐着的不是猎人,也不是饱览群书的人,而是一个怀着火热的信仰的热情青年。他对我说,只是在五十岁的时候他才从隐秘派教徒那里明白了"宗教的"科学，便开始照斯拉夫语的书本学识字，十五年中读遍了树林中能弄到的所有书籍。

"哎，米哈伊洛，"他说，"有非宗教的科学，也有宗教的科学。这也是科学，我现在就告诉你：你所知道的，我们知道得不太多；我们知道的，你知道得也不太多。如果你想把这件事做下去，那么你要知道一切，我们将告诉你一切，回答一切问题。我回答不了的，能找到比我更聪明的人来回答你。这里找不到答案的，可以到雅罗斯拉夫尔找到答案，我们不会不作答复的……不久前在卡尔戈波尔有过一次谈话，从我们这里运了一百五十普特的书，他们方面也运了一百五十普特……"

对于隐秘派教徒来说，只是在十月十七日以后才可能安排这样的谈话，过去是有危险的。老人告诉我，有一天把他们召集起来谈话，马上就把他们绑了，发配去西伯利亚。

"我们感谢陛下给了自由，我们哀悼他……阿列克谢·米哈伊洛维奇起先多么顽固，可是临死时却屈服了……可以比较自由地说话了，但是要走出树林却不行。"

"为什么呢？"我问。

"身份证呀！不给他们彼得时代的身份证。要知道就是彼得采取了身份证制度，而彼得是什么人？"

穆哈沉默了，意味深长地看了我一眼，依穆哈之见，彼得是个反基督者。

隐秘派教徒，按教义的思想，当然是不应有身份证的，这样，要走出树林真的就成了不可能的事。但是不仅仅禁止给他们身份证，甚至因为简单地回答"从哪里来"的问题就要做十八天的斋戒，也就是说几乎是完全挨饿。穆哈对我说，有一天一个苦行修士因为经常看书而眼睛视力衰退了。怎么办？到医院买眼镜吗？但是那里的医士，助产士开口要问的就是：从哪里来的？云游派教徒只能说："我们是上帝的云游派教徒，既没有城市，也没有乡村。"最后总算悄悄地对大夫讲清楚是怎么回事。他明白了，当隐秘派教徒来医院时，没有一个人问他是从哪里来的。

"你说：走出树林。很好，叫我们去见陛下。那时可得把什么都讲出来……讲彻底……可是他受得了吗？不，兄弟，他受不了。也将发生对付索洛韦茨基的修士们那样的事：士兵把他们带到冰上，把他们吊住肋间泡到冰洞里，这时大家都看到，穿着白衬衫的漂亮天使飞到天上去了……这一切是书里写的，在呈文里都有，要不要到板棚去取书？我去取。"

穆哈拿来了在旧教徒中间流传很广的索洛韦茨基的修士给阿列克谢·米哈伊洛维奇的呈文，要我念，但是，因为我念得不好，他就纠正我，赶在我前面念，显然，他能背诵呈文的内容。对于所写的文字无限信任，这是很能理解的，不仅因为穆哈是饱读经书的分裂派教徒，而且也因为他已经学了十五年，但这种信任使我们的神学对话变得索然无味。好歹我们把话题转到了家庭上。穆哈很遗憾未能让我见见他的棒小伙子：他们都去割草了。

"家庭中主要的事，"他说，"是要管理得好，那么一切都会好。我的管理是正确的，因此我们大家都很好，用自己的双手盖起了价值可观的房子……"

虽然穆哈答应送我去树林找隐秘派教徒，但是我没有时间了。告别时老人忽然不好意思起来，他回想起是怎么在自己家里迎接我的。"请原谅我，"他说。这时他承认，是我抽烟使他不安。我们分手时已成了好朋友，我不记得，什么时候还感受过人的这种清新、纯洁、诚挚和力量。

☆ ☆ ☆ ☆

我就用记述隐秘派教徒来结束我的随笔。在回彼得堡的路上，我没有遇到什么想要讲述的人和事，也许是因为想去飞鸟不惊的地方这一愿望已经实现了。不过，我记得，在连续不断的白天之后，在拉多加湖上看见天上最初出现的星星和黑夜，我是多么高兴呀！后来则是涅瓦大街令人吃惊的运动和喧哗！头脑中与隐秘派教徒穆哈的谈话还记忆犹新，他们身边树林、水、石头中间的无比简单而严峻的生活留下的印象尚鲜活清新，而这里却是这种运动……

涅瓦大街的这种嘈杂声和我在枞树间的石岛上听到的三个瀑布的喧哗声有某种共同之处。只有在相当长久地凝视许许多多单个水花、凝视在僻静的地方单独舞动的许多泡沫柱之后，在它们以各种形状述说着瀑布统一的神秘生活时，才能理解瀑布那巧夺天工的美。这里也是这样……喧哗和混乱！黑压压的人群急匆匆地行走，奔跑，向前或向后运动着，在川流不息疾驰的车辆之间从一边穿到另一边，消失在胡同里。

看着这景象很无聊,因为不可能为自己选择到一张单独的脸,它马上就消失了,被第二、第三张脸所替换,就这样没有尽头。

但是思想上还是划出了一条区分的线。通过这条线马上就闪现出一个个人并凝固在意识里:穿红制服的将军,扫烟囱工人,戴帽子的小姐,孩子,肥胖的商人,工人,他们彼此就在身旁,几乎肩挨着肩。

突然变得很容易理解,区分线不再需要了,一切都明白了。这不是人群,这不是单个的许多人,这是一个像人的庞然大物的灵魂深处,闪现的,替换的是它的愿望、向往、感受。但是神秘不解的庞然大物本身却平静地迈步向前,向前。

黝黑的阿拉伯人

长 耳 朵

草原上自己会产生新闻或者从别的国家传来新闻——反正都一样：从一个骑手传到另一个骑手，从一个村庄传到另外一个村庄，传得快得很。

有时候骑手打起瞌睡来，放下了缰绳，眼看新闻也可以歇歇了。

不！马儿看到另一个疲惫而打起瞌睡来的骑手，便自己转了弯停下来。

"哈巴尔，巴尔？"（"有新闻吗？"）

"巴尔！"（"有！"）

马儿休息，骑手闲聊着，闻着烟丝，然后就分道走开了。海市蜃楼犹如一面哈哈镜，到处都映出了他们的相遇。只有在草原边上和真正的沙漠里新闻才像无水的芦苇那样凋萎了。

据讲，土地是因为没有草和新闻才呈现出灰红色，而且那里一片沉寂，以至星星都不害怕会降到天空的最低处。

善良的人们建议我旅途上自称是阿拉伯人，假说是从麦加来的，可是却不知道要去哪里。"这样，"他们说，"可以快点到达，因为要是有人硬缠着要聊天，就可以不聊：阿拉伯人一点也不懂俄语，也不懂吉尔吉斯语。"我就放出这样的流言，它就立即传遍了长耳朵地区。

"黝黑的阿拉伯人骑着额上有白斑的花斑马，不说话。"

这新闻犹如席卷草原的暴风雪传到了真正的沙漠，传到了沉寂的地方，传到了灰红的土地，传到了低悬的星星。

但是，据说，备好的马也奔驰到那里。在那里没钉马掌的野马，就像黄色的云朵一样，从一个绿洲无声地疾驰到另一个绿洲。备好的马看见它们，睚着在睡觉的主人，便一尥蹶子——告辞了！

"哈巴尔，巴尔？"野马问。

"巴尔！"钉了马掌的马回答。

它就用自己的语言讲着黝黑的阿拉伯人和花斑马的事。马用自己的语言，我也用自己的语言。

咸湖的主人——他有这样的职责——从自己的小屋子放出风声：

"从麦加来的过路的阿拉伯人不知为什么需要一个懂俄语的吉尔吉斯人，两匹马和一辆大车。"

很快就有人敲窗，问：

"阿拉伯人住这里吗？"

"阿拉伯人住这里！"我回答着，并朝窗外看了一下。

咸湖岸上停着一辆大车和两匹喂饱的马，而在窗下站着一个吉尔吉斯人,他穿着宽大的长褂,手中拿着马鞭。

"你要干什么?从哪里知道我的?"我问他。

"从长耳朵那里知道的,亲爱的。"这个吉尔吉斯人回答说,并笑了起来。

他那红润的圆嘴唇露出的牙齿像白糖般雪白,闪着亮光,脸是圆圆的,黄黄的,像是熟透的蜜瓜,眼睛嵌在细细的眼缝中几乎看不见。

我们长久地不知为什么笑着。

他带来的一切都很好:马匹、大车,所有的羊毛毡,所有的绳子——全是最好的。

"我的马不肥也不太瘦,毛色乌黑夹黄褐色。我这是老实话,"伊萨克说,他将是我的翻译、同行者、同伴。

"是实话,实话。"我跟着他重复说。

"亲爱的,请相信我,"他请求说,"换了别人会吹嘘:瞧我的马!而我没有这种习惯。"

我们很快就谈妥了。

我们开始收拾行装,打算作远途漫游,不走驿路,而走游牧的路,要有几百俄里。

"要是有人要害死我们,怎么办?"我问。

"干吗要害死我们?"伊萨克回答说,"既然我们不碰他们的骆驼,不碰他们的马匹,关他们什么事!"

就这样,我们放上了干粮和旅途上需用的所有东西,把所有的羊毛毡和袋子结结实实捆好,把所有的东西再次用绳子捆绑好,我和伊萨克就坐上大车上路了。卡拉特和库拉特有节奏地小跑着,而我的花斑马在后面被牵着走。地平线那头出现了草原的骑手。长耳朵地区警觉起来。

"哈巴尔,巴尔?"一些马问。

"巴尔!"另一些回答。"阿拉伯人坐上了大车,而额上有白斑的花斑马在后面小跑着。"

太阳照暖了夜间变冷了的这块古老的土地,现在海市蜃楼的景象到处都消逝了。驿路上的电报线杆子如骆驼商队那样摇摆着,离我们远去。但是群鹅却伸长了脖子,站在咸湖岸上,在阳光下闪耀着,它们的头犹如电报线杆上的一个个小瓷碗。

我们走的游牧路弯弯曲曲,两条车辙长满了路边的绿草,向前向后都一样,宛如两条游蛇在干枯的黄色海洋中蜿蜒爬行。湖泊——沙漠中欺骗人的众多湖泊中的一个——闪闪发亮,像真的湖泊一样。从水面上飞起一只鸟,扇动着两片大翅膀,向我们迎面飞来。

突然像是被风吹走了一样,无论是鸟,还是骆驼,还是湖泊——全都像是被一只手拿走了。

一条狗跑来迎接我们,摆动着像是布片的两只耳朵。

"卡!"伊萨克用他的话喊它。

狗高兴地吠叫着,跑近过来,我们勒住了马。

这是一条黄色的草原上的狗,腿细善跑,像弹簧一般反应灵敏。它望着我们,流露出使牲畜感到可怕的目光,但是又有犹豫的眼神:是我们还是不是我们?

"卡!"我叫唤着狗。

不是我们！它尖叫着，飞奔着。但是它没有力气了，前面是没有尽头的像两条蛇似的道路。

它蹲坐在干燥的地上，吠叫着。

"卡！卡！"我们最后一次喊它，又赶马走了过来。

狗向我们奔来，它顺从了，就永远是我们的狗了。看样子，它似乎是满意的，没有生出什么事来：为哪个主子效劳，还不是一样的。前面和后面是一样的，荒凉的草原到处都一个样。草原上的大太阳到处都一样照耀，不会闪烁一下，不会在树后迷失方向。

光明和寂静……狗驯服地奔跑着，但是吠叫留在荒漠里了，犹豫的目光也留下了。长耳朵听到了吠声，海市蜃楼注意到失去了主人的狗是怎么看人的。

一片空旷！

阳光那么慷慨和大方地照耀着草原，究竟是为了谁呢？

荒原上到处可见尸骨，孤零零的一片云的阴影仿佛告诉你：太阳在荒原上照耀是为了谁，——它们也是按自己的方式生活着，号叫着，荒原得到有着海市蜃楼的光明和寂静并不容易。

临近中午时草原上的太阳变成白色，我们停在井边饮马。伊萨克铺开长褂，向上帝祈祷。卡拉特、库拉特和花斑马等着伊萨克做祈祷，它们低下头，像星星似的往下看，朝井口张望：能不能自己喝到水，也许，在这像咖啡的水中，它们看到的是淹死的草原上的兔子或老鼠。

"真主，真主！"伊萨克一边低语着，一边伏倒在长褂上，又抬起身子，又伏倒。

他那黄色的脸一会儿与干枯的芦苇混在一起，一会儿又出现在蓝天的背景上。他一次又一次地拜倒在地，接着用手掌摸一下髯须，向天空抬起稍微向外斜视的细眼睛，叠拢手掌，一动也不动地站在那里。

甚至红脚隼也不怕在这个时候俯冲到就在伊萨克长褂旁的小鸟身上，但是它扑了个空，就向草原的远方疾飞而去。伊萨克仿佛没有发觉这一切，依然站在长褂上，像原先那样虔诚地合拢手掌，但是却不做祈祷，眼睛追随着飞去的小鸟。

在蓝云的映衬下一个大大的白缠头晃动起来。

"真主，真主！"伊萨克更快地祈祷起来。

"来的是毛拉①吗？"当他把长褂挂到大车上时，我问。

"骑在骆驼上的是乌兹别克人。"伊萨克回答说。

一切又像被风刮走一样：既没有毛拉，也没有乌兹别克人，而是扎着白头巾的妇女骑着马疾驰而来。

她丢失了一个男孩。

"你们没有看见一个男孩吗？"妇女问。

"我们没有看见任何人，"伊萨克回答说，"只有狗一直跟着。这不是您的狗吧？"

"不是！"妇女答道，又问伊萨克和我一些什么，还看了一下马匹。

"她问，"伊萨克翻译着，"有没有看见骑花斑马的阿拉

---

① 对伊斯兰教学者的尊称。——译注

伯人，会不会是他带走了她的孩子？"

伊萨克对此回答说：

"阿拉伯人就坐在这里大车上抽着烟，而花斑马在井边。"

于是妇女也不顾自己的痛苦，问：

"阿拉伯人要到哪里去，干什么？"

伊萨克向她解释说：

"阿拉伯人是从麦加来，他不说话，但是他没有偷你的男孩，多半是阿尔巴斯特这个黄头发的不能生育的女人干的。"

女骑手仿佛是作为回答，用马鞭抽打了一下马，飞驰而去。

我也想骑上自己的花斑马，也像这个妇女一样，成为海市蜃楼景象中的一员。

于是我就成了草原上的骑手。我头戴上面缝着金色天鹅绒的羔羊皮帽，脚登山羊皮的软底鞋，此外还穿着沉甸甸的半绵羊皮的套鞋。紧身外衣的下摆围住腿，紧贴马鞍。宽大的黑长褂盖住了紧身外衣、马鞍和半匹马。我右手拿着马鞭，左手握着缰绳。我穿着这身宽大的衣服坐在额上有白斑的小花斑马上。看外表像个吉尔吉斯人，听口音像阿拉伯人。我就这样骑行，制造着海市蜃楼。

在视野中又出现两个长耳朵地区的骑手。他们挡住我的路。但是我欺骗他们。我只要用沉甸甸的套鞋推一下花斑马的腹侧，把头上的皮帽边像猎犬的耳朵那样向后翻，就可以应付了。风呼啸着。马儿奔腾着。草原充满生气。

它不是没有生命的：它从一端到另一端全都生气勃勃，精神昂扬，全都与人呼应着。

"别尔格(到这里来),骑手!"后面有人喊。

我回头望去:后面远处有两个骑手站在路中央。一个人手中拿着有环扣的木棍,是套马用的。伊萨克从他那一边向他们走近去。

"哈巴儿,巴尔?"等我们走到一起了,他们问。

"巴尔!"伊萨克回答说。

他用手指头指着我,用自己的语言对他们讲什么。现在他们看见的不是海市蜃楼,而是真正的阿拉伯人,亲身听见了有关他的故事,满足了好奇心。

"哟——!"有一个人发出感叹。

"哎!"另一个应声。

只听见发出"哟"和"哎"的声音。

稍微过一会儿,他们就不忘谈正事了。当然啰!他们的一头母骆驼不见了。问我们有没有看见他们的母骆驼。

没有!我们没有见到母骆驼。有一条狗跟来了。看见过丢了孩子的妇女,但是没有看见母骆驼。

但是骑手还是满意地骑马走了,因为他们看见了活生生的阿拉伯人!现在再过十年、二十年,如果他们再来到这个称作"坏轮子"的地方,就会回忆起阿拉伯人的所有细节:戴一顶绿皮帽,穿灰色的紧身外衣,长褂束着宽的红腰带,花斑马额上有白斑。

我爱惜自己的马,就又坐到伊萨克那儿去,又慢慢地行进在游牧路上,一边看着海市蜃楼。

傍晚前我们还遇到几次人。在"挖井"这个地方两个骑手拦住我们,与伊萨克说了半天话。

"刚才说什么了?"我问。

"还是讲母骆驼的事。"伊萨克回答。

第二次遇见人是在一条干枯的小溪旁,那时石块和尸骨在草原上投下了暮色的阴影。"这次说什么?"我探问伊萨克。

"还是讲母骆驼。"他答道。

将近黄昏的时候我们在草原上看见了放下了车辕的大车,我们想,"这是丢失了男孩的妇女留下的。"后来直到夕阳西下所有遇到的骑手都问询丢失男孩的妇女的音讯,他们说,是狼在母骆驼那里拖走了小骆驼。

当太阳完全贴近草原地面时,从空旷的地方飞起了三只鹅,这是附近有湖泊的迹象。伊萨克在晚祷前一定要洗漱干净,于是我们把车赶到长满芦苇的一个大淡水湖旁边。

入暮时分的太阳似乎羞答答的。吉尔吉斯的穆斯林认为,太阳变红,是因为人们曾经认为它是上帝。伊萨克不是像一般认为的那样向太阳祈祷,而是从这里向着看不见的克尔白祈祷。

"真主,真主!"他拜倒在长褥上。

最后遇见的两个骑士,就是讲狼和母骆驼的那两个人,也从马上翻下来。在染红了的天际映衬出他们的黑长褥,也显现出他们一会儿把手伸向天空,一会儿与地融在一起的身影。

"真主,真主!"

现在整个草原都铺开了长褥,发出喃喃低语:"真主!"所有人的脸沐浴着落日的余晖,只有草原的坟墓像一座座庙宇似的依然是黑幽幽的。

伊萨克祈祷的时候,我想走到湖边去,那里几乎有一俄里长满了芦苇。沿着勉强可以看见的小径我走进了对我讲述了一切的芦苇林。这里,在这芦苇丛中,生长着鹅群,栖息着大鸨,狼迅速地撕下羊的肥羊尾也在这里啃啮和休息。老虎在远得多的南方,但是昏暗中在这样荒凉的芦苇林里毕竟是可怕的。

小径转弯,离开了伊萨克所在的地方,拐往另一边,也离开了湖泊,后来又拐了弯,通向一个积满水的坑,又通往不知什么地方。

这里是一条死路!

不知道一只什么鸟婉转啼鸣着。

"这是什么鸟?"我想,"平生从未听过这样的声音。我一定要看到这只鸟。"于是,我就顺着死路走。荒凉的芦苇丛中小径两边到处都是令人心惊胆战的窸窣声,而前面,那只鸟一会儿静息一会儿重又发出召唤的声音。

我赶快走着,跑着,要逃离芦苇丛中笼罩的黑暗,我迷失了方向,喀嚓喀嚓弄断了芦苇,不止一次地跌倒,终于清楚地看到落日的红光,最后一些芦苇织就的稀疏的黑网。

芦苇丛外面没有一只鸟,在我和圆圆的红太阳之间是一个黑色的草原坟包,堆得高高的,像庙宇似的。坟墓旁有一群羊移动着,在落日映照下肥羊尾泛着红光。一个牧羊老人骑着一头公牛,像是鸟叫似的吹着口哨,与羊群一起缓缓而行。他不时地喊一声:

"嘘!"

"别尔格!"我对老人喊着,让他骑到我这儿来,从牛背上看看,伊萨克在什么地方。

老人和牛都听见了。

整个羊群拐了弯,朝我这儿移动。羊群后面是牛和老人。

"手脚还健壮吧?"我照吉尔吉斯方式问候老人。

"谢谢,还健壮。"

"牲口还好吧?"

"还好,那你的手脚和牲口怎么样?"老人按自己的方式问我。

"谢谢!还健壮。"

除此以外我一点也不会说吉尔吉斯话,只是用手朝伊萨克所在的芦苇丛指指。

我抚摸着两角之间的牛头部分,说:"好,好!"

老人从牛背上朝芦苇丛望去,看见了伊萨克,很高兴,也明白了我的意思。

我抚摸着善良的老人,说:

"好,好,老人家,你是个非常好,非常好的人。"

他这个好人就从牛身上爬下来。

而我就坐到牛背上,现在周围是许多下垂着嘴唇、凸鼻子的公绵羊、大胡子长角的公山羊、母绵羊、母山羊、小羊。我用足力气向伊萨克喊叫,声音越过湖边芦苇上方。

伊萨克早就做好了祈祷,在一旁走着,凭芦苇梢的摆动跟踪着我。他挥动一只手,叫我过去。

我对羊群打着哨声。

"嘘!"我对牛喊着。"别尔格,"我叫着老人。

肥羊尾像橡皮垫子那样微微颤动,混杂在它们中间的羊角犹如会动的叉子一直在走动。大胡子的山羊走在前面，后面则是吉尔吉斯老人。我们就这样迎向伊萨克行进着。

不远处，尽收眼底的是这个老人的村子，几座很脏的白帐篷。主人叫我们去他家过夜，还答应为我们宰一头小羊，但我们婉拒了，因为老人很穷，村子里很脏，而湖畔这里很美，天气也很好。老人对伊萨克讲了很多话，帮我们收集干粪用来烧篝火。他很感激我们送的几块糖和干点心。

"他对你讲了什么？"后来我问伊萨克。

"还是讲那个阿拉伯人，"伊萨克回答说，"讲那个丢了男孩的妇女和失踪的母骆驼。"

夜里，好像是这个老人的女儿想给摇篮里的男孩盖好被子，忽然发现孩子没有了，她就奔出帐篷，认为是阿拉伯人骑着花斑马带着孩子向草原奔驰。好像也是这个光景，母骆驼发现小骆驼不见了，便大吼了起来，急不可耐地奔走了。妇女和儿子们便跃马追它去了。这样村子里就留下了年迈的他一个人去牧羊。

伊萨克对可怜的老人原原本本地讲了阿拉伯人的故事，要他相信，带走男孩的是黄头发、不会生育的阿尔巴斯特，不是阿拉伯人，而小骆驼则是狼拖走的。据伊萨克讲，老人最终似乎相信了，便说：

"哟，真主！过去常有不会生育的女人来过夜，向几百俄里外的奥利耶－塔乌圣山祈祷，伟大的真主为此就会给她送子来，可现在她们却开始偷穷人家的孩子了。哟，真主！"

就这样老人离开我们走了，他边摇头边说：

"唉，这些不会生养的女人！"

花 斑 马

我们没有注意,第一颗星星是什么时候开始闪烁的。我们与老人谈话的时候,太阳落下去了,在红红的晚霞辉映下村里的两头山羊一直在打斗着。老人把自己的羊群赶进村里,而我们则开始准备在草原上过夜。我们给马饮了水,喂了食,在它们嘴上套上装有燕麦的袋子。在我们忙着照料马匹时,许多麻雀飞拢到大车上,一些面朝红色的落霞,平静地停在车边,另一些则在车上跳来跳去,叽叽喳喳交谈着一天中草原上发生的事。后来我们从车上拿出羊毛毡、干粮、茶、糖、肉,把它们放在地上,把车辕向上抬起,用皮系带捆好盛了湖水的茶壶,将它从笼头皮带上几乎一直放到地面。伊萨克仔细地,几乎是爱惜地用干马粪球围在茶壶四周,然后在下面点上火,一股晚风正好从大车底下轻轻拂过,茶壶下面燃着蓝莹莹的火焰。

这时村子里老人家里的其余人忙着照料着畜群。他们在那里做什么,我们看不到,大概在挤羊奶、马奶、骆驼奶,那里有人在唱歌,唱得很平常,乏味,仿佛是调皮的男孩用手击水桶发出的声响。伴随着这歌声畜群渐渐地躺倒在地,就在两头骆驼躺下后,整个畜群都一样躺下时,歌声也停止了,那时我才看见第一颗星星。仿佛有人把它降到我们的眼线上,它是那么大那么低。

"是牧人星,"伊萨克说,"畜群从田野上回来时,牧人星就升起了,早晨畜群去吃东西时,它就失去光亮了。真是我们最好的星星。"

当然,它早就在天空中了,只是我们现在才发现它。另一颗星总是在天空中的,如果发现了第一颗星,而仔细看的话,那么还有第二颗、第三颗。

星星还不多,但是它们已经在我们上方到处闪烁占卜了。

突然一切都改变了。茶壶水沸腾,从茶嘴里溅上来,溅到干粪上,发出一阵嗞嗞声。伊萨克猝然一抖身子,取下了水壶。于是从干马粪球垒起的小塔里面,即茶壶空出的地方,窜出一股令人不安的红色火苗。因为地面上这股离我们很近的小火苗,天空、整个天空及低垂而荒凉的大星星便都从眼前消失了。

伊萨克对此未加注意,沏好茶,把煮肉用的一锅水挂到笼头皮带末端。锅子刚压住窜跃的火苗,天空重又露脸了。

茶泡好了。我和伊萨克面对面坐着,照东方人的习惯盘起腿,就着糖块喝茶。我们用的是没有茶碟的中国碗,要用手指从下面托住它喝。现在我们随便聊起星星来。

"关于这颗星你能讲什么呢?"伊萨克用糖块指着天空。

"哪一颗星？"我问，"是这颗吗？"我也用拿着的糖块指着北极星说。

伊萨克嗯嗯着表示同意并点着头。

关于北极星我能对伊萨克讲些什么呢？对了，它是不动的。

"照我们的说法，也说它是不动的。"

"我们和你们竟然说法一样！"我感到惊讶。

"天上这一切自古以来就看到了，"伊萨克回答说，"我们这里也罢，你们那里也罢，到处都一样。我们这里把它叫作铁棍。那么，对那两颗星，一颗亮一颗暗，离铁棍星不远的，能说些什么呢？"伊萨克又问。

"这两颗星在小熊星座的尾巴上，我一点也不知道它们。"

"这是两匹马，白马和灰马，"伊萨克对我解释说，"两匹马系在铁棍上，围着它走，就像卡拉特和库拉特围着大车走一样。而这七颗大星，"伊萨克指着大熊星座说，"是七个贼想偷白马和灰马，而它们不让偷，依然走它们的，围着铁棍走，等七个贼捉住了白马和灰马，也就是世界末日到了。天上这一切自古以来就看到了。所有的星星都表示着什么的。"

"那么这一堆星星呢？"我指着昴星团问。

"这一堆星星是被狼吓坏了的羊。知道吗，羊是怎么聚集起来躲开狼的？"

"难道天上也有狼？"

"喏，这就是狼，亲爱的。"

他用糖块指着天上的狼。

"天上就跟地上一样！"十分惊奇的我说。

"就跟草原上一样，"伊萨克回答说，"瞧，母亲也在寻找孩子。"

"也许，也有阿拉伯人？"

"嗯！"

"也有长耳朵？"

"嗯！"

我们静默着。星星在我们上空静静地闪烁，仿佛在呼吸一样，仿佛发现了大车旁的我们，便微笑着，窃窃私语着，整个银河系，从星星到星星都洋溢着莫大的家庭的欢乐。

一颗星星向另一颗星星打听，就像草原上的骑手那样：

"哈巴尔，巴尔？"

"巴尔！阿拉伯人在群星照耀下喝茶。"

伊萨克从干马粪那里点燃了干芦苇。他想用它来照亮锅子，看看肉有没有熟。他用刀割了一小块，尝了尝。

锅子取了下来。篝火熊熊燃烧着。群星闪烁的天空又仿佛没有了。地上的火焰照亮了我们的大车和一片不大的圆形草地。

我们铺开一块肮脏的布代替桌布，像吉尔吉斯人那样吃起来：直接用手抓了吃，把骨头扔给我们的狗。黑暗中它在大车底下咯吱咯吱啃着骨头。卡拉特和库拉特吃着草发出嚓嚓声。有一只大鸟始终在我们上空呜呜啼鸣。它飞近我们，呜的叫一声，又长久地销声匿迹，然后又呜的叫一声。这是尤扎克鸟，仿佛是失去了未婚妻的未婚夫似的。

有什么火光闪了一下，像是点燃的火柴画出的曲线。马打了一个响鼻。是狼来了!

我们向那火光射击:一束红色的火飞向黑暗。回答枪响声的是狗的吠叫和村子里的嘈杂声。

"马在什么地方?"

"在这里。"

我们用剩余的茶水浇着燃烧着的干马粪球。天空整夜都向我们展现它那浩瀚和深沉。月亮犹如圣徒的花冠出现在草原的边际。在月光中天空另一端的昴星团变暗了,惊恐的羊群、狼、失去孩子的母亲、银河的一部分也消失了,剩下的只是最大的星星。

我们躺在大车两边的羊毛毡上。我的枕下是皮帽子,脚上是套鞋,身旁放着猎枪,身上则覆盖着另一条暖和的羊毛毡。伊萨克那一边卡拉特和库拉特在吃食,我这边是花斑马。稍有动静,就得从身上掀掉羊毛毡,开枪吓走狼。

现在我就能清楚地看到,思念着未婚妻的未婚夫——尤扎克鸟在星空下飞了好些个大圆圈,现在它又在我们的上空鸣鸣啼鸣,飞远了,听不到了,又飞近了,它在寻找、召唤、啼鸣,但始终绕着那个圆圈飞了一圈又一圈。相思鸟的这种呻吟绝望而凄凉,高高地回荡在空旷的大地上方、星空下面。

卡拉特走近大车,蹭来蹭去,搔着痒。

"嘘,卡拉特!"伊萨克对它喊着。

马就转到我这一边,走到花斑马那儿。现在我这边有两匹马了。天空中七个贼中的四个一个跟着一个慢慢地往下降,指望在这个夜晚从铁棒那儿骗得白马与灰马。

"为什么这里的星星这么大这么低?"我裹着羊毛毡想,我觉得这是因为我身子底下的土地非常干燥和古老。土地越是古老,星星仿佛就越低。它们怕什么呢?

"嘘,库拉特!"

我掀开羊毛毡,第二匹马转到了我这边,而花斑马走远了,隐约可见,它的周围是一片针茅草,寒光闪闪,犹如星星闪烁。

花斑马是不是走得太远了?要起来吗?很冷。伊萨克睡了。

我把皮帽戴到头上,想要起来,但是没有起来而是裹紧羊毛毡,用呼吸暖和着身子,又想:"花斑马是不是在这星空下跑得太远了?"瞧这野马状的黄色云朵飘得多快——别了,花斑马!

我想起来,却做不到。

而花斑马似乎已经走到了荒凉的草原边际。土地是灰红色的。星星低垂着。野马状的黄色云朵疾飞着,它们看见了花斑马,停下来,嘶鸣着,召唤着。星星晃动着,升高又降下,像被海上的小船停扰的火星。花斑马弯下了直直的脖子,一只眼睛斜视着在大车旁的主人。

"睡着了吗?——睡着了!"

马蹄形的月亮在荒凉的草原上空高高地闪耀着。

野马从一个绿洲奔向另一个绿洲,在遇到别的同类时,它们停了下来。

"哈巴尔,巴尔?"老马问。

"巴尔！"年轻的马回答，"在草原边，就在荒漠旁边睡着一个黝黑的阿拉伯人，而额上有白斑的花斑马在这里。"

"这是在普通的土地上，它是额上有白斑的花斑马，"睿智的老马纠正说，"而在这里，它的名字将永世长存——额上有白星的枣红花斑马。"

草原上善变的精怪

斋月，即太阴年的第九个月，已经到尽头了。晴朗的早晨展露出草原的群山，犹如游牧的巨人们那高高的蓝色帐篷。草原不安宁起来，道路变得不平坦，我们系在大车梁木上的水桶磕碰着发出响声，水溅了开来。

"这是大地的背脊，阿尔卡国，"伊萨克说，"一个幸福的国家！这里的羊肥，马奶像酒一样醉人，对于牧人来说，这是世界上最好的国家。"

山脚下有七个帐篷，就像七只白色的鸟栖息着，把头藏在翅膀之间。用石块围起来的水井旁坐着一个姑娘，正在剪羊毛。

"贾纳斯会接待我们吗？"我们问，就像异教徒到了迦南土地上问亚伯拉罕一样。

"会接待的……"

瞧他，一个白发老人，亲自带着两个儿子走出了帐篷。三个人都拿着小马皮做的衣服。老人把手放到心窝口。

他们的手健脚健。羊、骆驼、马都膘肥体壮。他们的一切都很好,我们也是。谢天谢地,阿门!

儿子们掀起一点毡制的帐篷的小门。父亲则鞠着躬,请我们进去,戴着丁当响挂饰的姑娘跑到水井那儿去剪羊毛。

牧人的帐篷里仿佛是气球里面,甚至上面还有一个可以开和关的孔。

上面还可以看到一块圆圆的蓝色天空。下面地上放着三块烧烫的黑石头,上面放着一只角形面包,这是炉子。炉子后面,朝向克尔白①的门对面铺着毯子,这是客人坐的地方,而在毯子旁边的地方长着针茅草。四周挂满了东西。

主人亲自为客人端水来让他们洗手。儿子们拿着毛巾守候着。他们两人中的一个那敏锐和放肆的目光望着客人,另一个比较引人注目的是他那黄黄的光着的脚和一头蓬松浓密的头发,不知为什么他显得比较善良。我想起来:该隐是个庄稼人,亚伯是个牧人。

草原上还有太阳:当毡制的小门打开或是谁进来时,阳光还刺着眼睛。后来长久地浮现着紫色明亮的斜坡和沐浴着火红阳光的畜群。彼此很相像的主人的亲戚一个个地走了进来。一走进来就盘起腿,在炉子旁坐下来,人人都这样,好像有人在念一本书似的:亚伯拉罕生了以撒,以撒生了雅各……

但是仔细看看,他们并不完全一样:有一个人很胖,但有

---

① 麦加的主要庙宇。——译注

一个像海豹似的小头；另一个也很胖，从嘴唇上掛下像老鼠尾巴似的黑胡子；第三个胖子的胡子梢被咬掉了；第四人比其余人个子小些，脸是紫铜色的。

他们全都坐在床到马套具的周围，默默地望着，咀嚼着。

我沿着游牧的路在草原上漂泊已经有整整一个月了，跟我一起漂泊的还有我的化身——黝黑的阿拉伯人。长耳朵地区到处都传播着有关阿拉伯人的消息，说他是从麦加来的，不知道要去哪里。现在他终于到这里来了。

"阿拉伯人去哪里？"

草原人一双双锐利的眼睛从四面八方全神贯注地盯着。半张的嘴里露出的尖利的白牙闪着光，仿佛打算把阿拉伯人咬碎，看看这人身体里究竟是什么。有一个人坐在离我很近的地方，久久地专注地看着我，后来累了，倒到垫子上，就打起鼾来。另一个人就移过来……

伪装得够了……

"我不是阿拉伯人！"

"哟！"有着海豹样头的胖子发出惊叫。

"哟！真主！他不是阿拉伯人！"另一些人说。

所有的人都张大了嘴。

"他是什么人？他要干什么？"

"他什么都不要，"伊萨克解释说，"这是个学者，他不拿草原的一草一木，一针一线。"

"哟，真主，这不是先辈的灵魂吧？"

"不，他吃面包干，喝茶，询问草啊，羊啊，星星啊，歌曲啊这些事，他打猎，自己煮东西吃，像吉尔吉斯人一样用手抓了吃，他不向上帝做祈祷。"

"是撒旦！"胡子有着老鼠尾巴的胖子低语着说。

"不是撒旦，"伊萨克劝说着，"撒旦是凶恶的，他是彼得堡来的学者，是善良的……"

"他右手上的一根手指是不是软的？"胡子尾巴被咬掉的胖子问。

右手大拇指没有骨头的人是黑德尔，是圣人。

大家都看着我的手，碰我的手指。我的手指头是硬的。客人不是阿拉伯人，不是撒旦，不是圣人。

伊萨克向他们解释了一两个小时，脸也涨红了，眼睛也熠熠生光，但是黝黑的阿拉伯人的秘密仍像原来一样没有解开。

大家都哑着嘴。

"不！不，不明白。"

一批又一批人走进帐篷，都在靠近炉子的地方坐下，望着，询问着，全都哑着嘴说：

"不！不，不明白。"

帐篷的毡子微微地颤动着：有人从外面在毡子上挖穿了一个洞，现在那里已经忽闪着一只黑黑的小眼睛。你若是专注地朝那里看，这只眼睛就隐匿了，你一转身，眼睛又在那里看了。看够了，就消失了。现在这个洞眼大概已经遇上过许多这样的黑黑的小眼睛了。那里聚拢来的全是妇女，窃窃私语着，说什么阿拉伯人就像传说中草原上善变的精怪，从很小的妖魔变成可怕的阿尔巴斯特。谁知道呢？也许，黝黑的阿拉伯人的秘密现在就在这里，在灌木丛中，准备制止恋人的接吻；也许，不育的妇女打算到圣山里去过夜时，扰乱了自己的纯洁思想？

但是一切却很简单地结束了。

有人问：

"客人有父亲吗？"

大家对这个问题都很有兴趣，便都移近前来。

"有父亲。"

"有母亲吗？"

"有母亲，也有兄弟姐妹，爷爷奶奶，跟你们草原上的人一样。"

"全都活着吗？"

"全都活着，全都在彼得堡。"

"哟！"像亚伯拉罕的老人高兴地发出叫声。

"彼得堡有多少房屋？"

"成千上万！"

"喵！"异口同声发出了高兴的喊声。

"彼得堡有羊群吗？"亚伯拉罕问。

"有，但是那里的羊不像草原上的有肥羊尾，就这样。"

"这样是什么样呢？"

"没有肥羊尾，而是山羊尾巴。"

微笑如火星似的从翻译的嘴上飞进了露出白尖牙的张开的嘴中。宽大的长褂里的火药仓库引燃了，我们的气球仿佛炸破了，炸成了碎块——草原上就是这样哈哈大笑的！

在垫子上睡着的人一跃而起，擦着双眼，问发生了什么事。

别人告诉他：

"彼得堡的羊没有肥羊尾，而有山羊尾。"

他笑得痉挛着倒到垫子上，像是被砍倒似的，仰面向后倒下去，一边捧着肚子。紫铜色脸的瘦个子，有着老鼠尾巴似的胡子的大肚皮，与他相像的另一个胖子，长着海豹头的人，胡须分成两半的年轻人，亚伯拉罕，甚至伊萨克全都笑得倒了下去。他们稍稍抬起身子，看一看客人，便又躺了下去，笑得肚子上的长褂也颤动着。有人能克制住自己，便挪近来，摸摸温和的，原先觉得是神秘可怕的、黝黑的阿拉伯人。

可以听到，在薄薄的墙后面辫子上的铜钱叮当作响。灌木丛中的恋人不害怕了。不育的妇女在圣山里不为自己的想法感到难为情了。这个黝黑的阿拉伯人不可怕，他仿佛一直住在这里；千千万万年了。

雄 鹰

骑上像是野驴的小马,我们去荒凉的卡拉达格山捕猎鹰、金雕。我的马鞍上系上了一张捕鹰的网。我的同行者哈利手中拿着诱饵:刚被我们打死的一头山盘羊的鲜血淋淋、冒着热气的心。在卡拉达格山的谷底我们张上了捕鹰的网,鹰为了猎物会像石头一样往下冲,要使它能自由地飞进网口和留在网里,却不能张开翅膀。在这圆锥形的网里我们留下了鲜血淋淋的心,自己则躲到最近的一个洞穴里。

黎明前在黑暗的洞穴里出了名的猎鹰手哈利对我讲鹰的事,说到打猎时猎鹰怎么捕捉兔子,怎么啄断狐狸的背脊,如果从小就训练的话,甚至能拦截狼。黎明前我们就这样低声交谈着雄鹰的事。当天空开始亮起来,黑黝黝的山峦上方布满彩霞时,我们看到,有一只鹰在我们山谷上空转了一圈。它的飞翔是那么平稳,好像是有人在放一只小风筝并在什么地方牵着我们看不见的线。雄鹰在我们山谷上方转了一圈,就在山顶上消失了。当然,它是看见了猎物的,但是没有决定立即就猎取它。大概,它还要跟自己的伙伴商量一下或者要检查一下家底,好好考虑一下,是否值得冒险。我们忐忑不安,屏住呼吸,在洞穴里等待鹰的决定。我们终于看到,鹰又飞出来了,又飞了一圈,在陷阱上方空中仿佛停了片刻,突然像石块一样落到鲜血淋漓的盘羊心上,我们在洞穴里都能听见飞落下来的鹰弄出的噪声。

是的,它掉进了……

我们急忙赶到捕鹰网那里,它掉在里面,被缠住了,但是暂时它还没有放弃鹰的癖性:张着嘴,发出嗞嗞声,气得羽毛都竖了起来,头朝后仰,眼睛投射出黑色的火焰。但是哈利对此丝毫不予理会,像裹鱼一样用网把鹰裹上,然后挂到马鞍上。秋天朝寒,露珠闪烁,我们带着丰富的猎物向村里走去。

我们高兴地把猎物带进村子,并不是经常有鹰落到网里的,再说可以把它卖给有钱的马梅尔汉,得个好价钱。他是个喜欢用鹰打猎的人。只不过在卖掉鹰之前,当然需要驯服它,使它学会打猎。

于是我们就驯起鹰来,教它捕兔子,啄断狐狸的背脊,也许,如果是一只出色的鹰,它还能轻易地拦截狼。

在我们的帐篷里我们从一端到另一端拉起了绳索,把鹰放到绳中间,将它的爪子绑在绳索上,把皮套套在它头上,蒙上它的眼睛。看不见东西和被绑起来的鹰站在绳索上要像杂技演员那样保持平衡,而我们要不断地扯动绳索,故意要使绳索不停地颤动,让鹰一刻也不得安宁和清醒:它应该永远失去自己的本性,使自己完全和主人的意志融合起来。它应该像狗一样驯顺，成为人的朋友。

帐篷里吉尔吉斯猎人背靠垫子坐在四周，喝着马奶酒，他们中间最爱好打猎的人、五千匹马的主人、我们尊贵的客人马梅尔汉坐在最受尊敬的位置上，吃着马驹肉，他眼睛不离我们捕来的鹰，只要它刚有点安宁，做出信号，吉尔吉斯人便扯动绳子。

猎人们吃够了羊肉和马肉，喝够了马奶酒，便躺下睡觉，但是这时也不让鹰安宁：谁要走出帐篷小便，走过绳子的时候一定会扯它一下，鹰要保持平衡就会张开翅膀，向地上扑扇着；谁心里放不下，要去检查羊群是否完好无恙、狼有没有来偷袭，他在经过鹰身边时，也一定要震动绳子；甚至有人在辗转反侧时发现鹰安宁了，就会用马鞭抽一下绳子。就这样过了一天，两天，被折磨得疲惫不堪，看不见东西，饥肠辘辘的鹰勉勉强强才能站住，羽毛蓬松竖立，马上就要跌倒，像一只死鸡那样挂在绳子上。这个时候才把皮套从眼上拿下来，给它看——只是给它看！——一块肉。然后又把鹰放在绳子上，把这块肉煮了又煮，稍稍给鹰啄一点这煮得发白的没有血色的肉。就这样依然不断地扯动绳子，让鹰处于这种状态又过了两天光景，又给它看一块新鲜的冒着热气的有血色的肉，并放开它。

现在，鹰像猎犬一样，慢慢地在帐篷里向肉块移动。马梅尔汉很得意地微笑着，猎人们笑着。小孩们用树条赶着鹰，甚至狗也惊奇而犹豫地望着，不知道怎么办，因为从羽毛来看，这是只鹰，会抓它，可它的行为却像条狗——人的朋友。

"卡！"吉尔吉斯人喊着，"卡！"

鹰依然慢慢地移动着。大家都逗弄着鸟中之王。

马梅尔汉非常喜欢这只鹰。他想亲自试验鹰打猎,便坐上马,给鹰看一块肉:

"卡!"

鹰落坐在它的手套上。

我们去打猎的地方有许多兔子,是在荒凉的卡拉达格山。围猎的人赶出兔子,并叫喊着:

"兔子!"

兔子就在我们捉到鹰的山谷里奔跑。马梅尔汉摘去鹰眼上的皮套,解开锁链,把鹰放了。鹰在山谷上空飞翔,像石头一样嗖地扑下来,爪子扎入兔身,把它钉在地上。

它就这样会啄食兔子了,甚至更简单,一拍翅膀,就把兔子带到卡拉达格山顶上。也许,它已经在想那么做了,鲜红的热血在它的爪下流淌,它的眼中又燃起黑色的火焰,翅膀也张开了………

再过一瞬间,它就会飞向群山,飞向自己的亲属,就将是自由自在的,而且也已经有了经验,今后再也不会落入人的圈套了,但是就在这时马梅尔汉喊了一声:

"卡!"

他从皮靴筒里掏出在村里就准备好的一块肉给它看。

这块半干的混杂着汗水和焦油的肉对这只强健的鹰有着一种莫名的力量:它忘却了自己的群山,自己的家庭,自己的温暖而丰盛的猎物,飞到了马梅尔汉的鞍座上,让他给自己眼睛戴了皮套,让他给自己系上锁链。马梅尔汉把这块富有魔力的肉又藏进了皮靴筒,心安理得地取下了兔子。

他们就是这样驯养雄鹰的。

狼 和 羊

一只老山羊把它那长着胡须和角的头伸进了我们的帐篷。

"客人想吃山羊还是绵羊?"主人问。

"客人想吃绵羊。"伊萨克回答说。

"老羊还是小羊?"

"客人想吃小羊。"

老人请求多多包涵,因为夏天雨少,小羊长得枯瘦,但是他试着挑选一只长得好些的。

说完他就走了。

他们在炉子的三块石头上放上一口大黑铁锅,往里倒上好几桶水,又往火里添上马粪球,准备着一场宴席。

黑腿的年轻牧人在床上唱起了歌,唱的是鹰钩鼻的绵羊,客人,有五颗白杨树的山谷以及这几棵树怎么枯死,剩下了只有几棵枯树的山谷。

主人走进帐篷,牵了一头绵羊,请客人祈福。

伊萨克两个手掌抹着自己的胡须，聪明的眼睛做出一副虔诚的神情，喃喃低语着——绵羊就这样被祝福过了。

男孩在床上依然在唱鹰钩鼻的绵羊，他晃动着腿，毫不费力地作着诗，叮叮咚咚弹着冬不拉琴。

比其他人瘦一些，有一张紫铜脸的人在磨刀。进来一个老妇人，往火里加了干粪球。下面，石头之间，火烧得旺些，上面可以看到落日前暮色苍茫的天空。

绵羊被捆了起来，头朝铜盆挂了起来，因为血是生命，一滴血都不能流在地上。犹如扭转了茶炊的龙头一样，血注到盆里。帐篷上面那一块圆形的天空变暗变黑了。床上的男孩唱着歌。从没有关上的门朝外看去，可以看到被我们的篝火照亮的有胡须的山羊。星星闪烁着。

有着海豹似的头的胖子从绵羊胸部连皮割下四边形的一块肉，想把它戳在钩子上放在火上烤。但是在他准备钩子的时候，由于肌肉的收缩，肉动弹起来。

伊萨克向邻座指着这情景，那人又指给自己的邻座看，全帐篷的人都看到了：肉在动！他们开始争论，是否可以吃这样的肉？他们回忆起有一回吃过狼咬死的羊羔的肉。当时真主允许吃，也就是说，现在也可以。

胖子把肉戳在钩子上，边烤边说：

"现在这肉再也不会跳动了。"

紫铜脸的那个人割下了羊头，把它交给妇女。她用一根长铁扦戳穿它，在火上转动着，烧掉毛。当羊头完全发黑时，她从锅里舀水烧它，在水流中擦净骨头，她的手指咯吱咯吱响着,而羊头变得越来越白。

紫铜脸的人分割着羊体,掏出内脏。狗闻到了肉味,把头伸进帐篷。有人把盆里的血向它们泼去。

有一些女人的手伸进来,给了她们肠子。又给了谁肺。

最后,把红红的胴体和白白的羊头放进黑铁锅里。血、火、水融合在一起,水蒸气和烟袅袅上升,遮住了宁静的星星。

羊肉煮熟以后,就在地毯上摆上一张矮矮的圆桌,大家就坐到桌旁。先拿头,割下耳朵——这是最好的部分——请客人吃。然后把头砸碎,拣出脑放到一只特别的碗里,放上捣碎的葱,倒上锅里的汤汁,接着大家轮流把手伸进碗里,拿一小撮,有滋有味地吃着,同时就把油腻的手往笼头、马鞭和坐鞍上抹。吃好羊脑,就开始吃羊肉。

装在盆里的羊肉堆得山样高。两个留着老鼠胡子的人割着羊肉,从骨头上取下肉来。

其余的人就用双手抓住肉,在盐水里蘸蘸就吃起来,也不发出咀嚼的吧砸声,仿佛整个儿囫囵吞似的。他们吃得非常快,只见闪露着牙齿,白骨越堆越多,这座羊肉山就被消化了。狗又把头伸进帐篷里来。

而帐篷外面,太阴年第九个月的残缺的月亮用它最后的力量照耀着。草原上寒露闪闪发光。羊群彼此把头放在对方身上取暖,抵御寒冷,它们密集在一起,紧靠着黑乎乎的人的帐篷。现在山缝中什么地方狼的红眼睛已经炯炯发光,山岗上它们那银色的背脊在闪闪发亮。但是善良的牧人们守护着羊群,而未婚妻姑娘为了不睡着，便整夜唱着歌。

帐篷上方是清朗、绿莹莹的月光。篝火的红光映照着的牧人们吃光了羊，肉已经没有了，他们就对付起白骨来，把它们砸碎，取出骨髓。仓促中掉在肮脏的桌布上的最后一点碎肉末，主人用手扒拢了，把它们塞到久候着施舍的赤贫的人们手中。一点也没有白白浪费的：甚至连啃过和砸碎的骨头，妇女也拿去吃干净，啃干净。把所有的东面吃得精光，大家才各自回自己的帐篷。

我们客人准备睡觉，就扑灭烧红的石块之间残存的篝火。帐篷上面的孔注进了一股月光，锅旁边几根被遗忘的骨头和颅骨泛着白色。我们就躺在刚才宴饮的地方。伊萨克拽了一下绳子，上面的孔就关上了。我们的帐篷就像是个气球，好像要飞往草原上空什么地方。未婚妻姑娘唱着歌，在沉睡的羊群上方唱着，睡着了。而狼群从山缝里出动了，向山谷慢慢行进，在山岗后隐露出闪着银光的身子和发亮的眼睛。它们偷偷地走近帐篷旁边的灌木丛，悄悄地逼近，最后窜了出来。

整个山谷仿佛被一条拧起来的长绳劈开了一般，村子里发出一片惊叫声。但是透过狗吠声，尖而刺耳的叫声，乱哄哄的嘈杂声，还是能听到被狼叼走的羊羔发出的悲戚的轻轻呻吟，它越来越远，越来越轻。

这不是做梦，这是渐渐静息下来的叫喊声。伊萨克打开帐篷的小门，向山谷望去。可以看到，在远方山岗上狼的背脊闪着点点银光，而成一个个黑点的狗始终不甘落后，紧随其后奔跑着。整个村子都忙乱起来。紫铜脸拿着猎枪，骑上马，有人给他指着山那边。他点了下头,向主人保证要向狼报仇。

"拖走了多少只羊?"我问伊萨克。

"三只,"他睡眼惺忪地回答,"三只小羊,六只老羊被被咬掉了肥羊尾。"

女人们凶狠和长久地责骂姑娘。等大家躺下后,她又在沉睡的羊群上方唱起歌来。她唱着,犹如月光下山间小溪淙淙,从一块山岩流向另一块山岩,而羊群咀嚼着,呼吸着,犹如几千人在沙子上悄悄走着。现在狼已经不来侵袭了。但是谁知道呢?也许,今夜还会来新的客人,牧人们又将拖走一头羊,在篝火的红光下把它撕成碎片。它将成为保佑羊群的上帝的供品。

羊群紧靠着人的居所安睡着。太阴年第九个月的月亮发出绿莹莹的清明的光,它没有遮住星星。月光溶溶,守护羊群的未婚妻姑娘的歌声悠悠。

花斑蛇山谷里自古以来就是这样。

早晨我们醒来时,紫铜脸的猎人已经坐在篝火旁,讲述着他怎么向狼狠狠地报了仇:他打死了六条,在山洞里活捉了一条。他把活狼绑了,剥了皮,又松了绑,狼就跑了。

"剥了皮?"我惊讶地问。

"剥了皮,"紫铜脸平静地回答说,"剥了皮的狼能跑上一段。"

他讲了夜猎的全部经过。在山里,月光下他看到了七条狼的新鲜足迹,就下了马,循着足迹而行。在人们捕金雕的那座山附近,他看到了一条狼:它一会儿出现,一会儿躲起来。这是一条警卫的狼,其余的六条吃饱了,睡了。猎人从另一面登上山,从石头后面往下看,一条大狼睡得死死的。他开了枪,狼摆了一下尾巴就待在那里不动了。三条狼朝这个方向走来。他打了个口哨,它们便停了下来。一条狼蹲坐着,嗥叫起来,第二、第三条狼也嗥叫起来,其余三条狼呼应着,来到死狼身边,也嗥叫起来。就在这时猎人也怒吼起来,他躲在石头后面吼着,同时就开了枪,又换了地方,大吼着开了枪。最后一条狼受了轻伤,掉进山沟里。猎人就在那里捉住它,把它剥了皮又放了,黑不溜秋的狼在月光下跑了约三俄里。

紫铜脸在花斑蛇山谷里就这样向狼报了仇。

"哟——哟!"其余的人都很惊奇。

"好样的,猎人!"所有的人都赞赏着。

大家哈哈大笑,笑得非常开心,想象着看到了剥了皮的狼在月光下逃跑的样子。

伊萨克扯了一下绳子。帐篷上面的孔打开了,阳光射了进来,照亮了我们的帐篷。

我们开始整理行装准备离去,而主人们也开始拆帐篷要迁到别处放牧。在我们收拾东西的时候,他们已经拆好帐篷。我们继续往前行,去夏天牧场,他们则向后行,去过冬的地方。而在他们待过的地方,留下的只是黑黑的烧过的石块和白骨。

黝黑的阿拉伯人

村子都迁走了，水井也干枯了，但我们依然向前行，去夏天的牧场，去被称为草原王的大牧主库利吉那里。

淡水湖一闪而过，出现了遍布枣红马的山谷。库利吉家属，他的牧人和对付坏人的被称为草原贼的绑客①生活的村子就展现在眼前了。牧人"最英明的法官"——大牧主库利吉赶走对方的畜群之后，总能制服不驯服的对手。

长耳朵地区早已传遍了骑着花斑马的不寻常的骑手来草原王这儿做客的消息。八千匹草原马的主人派了十六个年轻骑手骑着各种毛色的最好的快马去迎接客人和他的同路人。前面骑行的是诗人、歌手、乐手和教师，他们后面是戴着狐皮或羊皮帽的小伙子，他们的马鞍饰有银雕。

他们大家把我们送到库利吉的村子——那里有许多像海鸥

---

① 这些人绑架牲口，目的是要失主付出代价，赔偿他曾对绑架者作出的侮辱或损害，是过去流行于游牧民族的一种报复行为。——译注

般洁白的许多帐篷，村里最老的白发苍苍的族长把一只手贴在心口，出来迎接我们，掀起遮住草原王帐篷门的毡子。

帐篷里面像大厅一样宽敞。珍贵的地毯和长褂都已收拾好装进了包铁皮的箱子：他们准备从夏天的牧场迁移到冬天的游牧营地。库利吉在这里度着最后一些日子，猎鹰消遣。

现在他坐在门对面的地毯上，把自己靴子的靴筒当作桌子在写东西。金线缝制的天鹅绒小帽只是使"牧人之父"那像南瓜般圆的宽脸稍稍显得短些。宽阔的黄脸膛上不为人注意的小眼睛像是没有睡醒似的，但依然明察秋毫，宽大的长褂掩盖了能储存不止一桶马奶酒的肚子——草原就是这样浇灌了自己的王。

库利吉背后，一动不动地，像一尊中国女菩萨像，坐着他的大老婆。她的左边盘子上放着两大块黄油，左边坐着三个古铜色皮肤的男孩，这是库利吉的孩子，而在前面显眼的地方摆着草原王大老婆引以为豪的东西——辛格尔缝纫机。

我们走进帐篷，把手贴在心口上。库利吉也把手贴到自己的王心上，并问我们的安康。我们报以同样的问安，坐下后，我们问：

"牧人之父是否听说，我们到他这儿来在草原上已经有一个月了？"

"嗯！"库利吉点头表示知道。

"是从长耳朵那里听说的？"我们问。

"草原上流传的话总是从长耳朵那里来的，"草原王回答说，"话真是了不起，但它也会毁害亚当的族人。瞧现在带来的是关于好客人的消息，我们感到高兴，因为好客人有好的祝愿。结果母绵羊就带来两只羊羔。但是长耳朵也会带来坏消息：这以后狼就带走了我们的最后一头母羊。"

"咳！"诗人、歌手、乐手和教师表示同意。

"是什么风把客人吹到我们这儿的？"库利吉问。

"是这个国家吸引我们要来看看，"我们回答，"因为这里的人们就像远古时代的人们那样生活着。"

"只是对那些少见少识的人来说，"草原王回答说，"这个国家才有深奥莫测的地方，实际上一切都很简单。但是有一点客人是对的：这是世界上最好的阿尔卡国，也就是说，是大地的脊梁。客人没有错，客人是有东西可看的。"

草原王对诗人做了个手势。他掀开门，我们便出去看牧人的幸福之国。

入暮时分，畜群集拢起来，这是草原上最好的时刻。有个地方，从一个山岗赶到另一个山岗，人们在捕捉一匹发野的马。母骆驼迈着步，不时回头看看小骆驼。公山羊走在前面，绵羊在后面。畜群从四面八方走拢来。黄昏时的草原充满着爱的生活：一切都在团聚。

"这是我的畜群，"主人指向一方、另一方、四面八方。

没有地界，没有围墙，四周全是草原之王——部落首领的家业：山谷里是库利吉叔叔及两个兄弟的白帐篷。山岗后面住着亲家，而山后面还有另一个亲家和无数为富人干活的穷人。现在太阳落山了，畜群也集拢起来了。整个草原上都忙活着迎接它们。

包着白头巾、手提着桶的女人们走出帐篷迎接畜群。

"这是我母亲的帐篷，"主人指着一个白色的大帐篷说，"这个是大老婆的，这个是小老婆的，这个是从已故兄弟那里得到的妻子的帐篷。"

所有的帐篷围成一个大圆圈，仿佛等候着那里满是畜群。

他们把一些小羊羔松了绑，把另一些则绑起来。与母羊分别了一天，小家伙们高兴地见到了母羊，用鼻子去碰母羊的乳头。但是产奶的母羊被头跟头地系在一根绳子上。女人们到畜群中挤奶。男人们小心翼翼地双手抱住母羊的后腿，也像女人一样挤奶。一个小女孩与一只母山羊逗着玩，一个小男孩骑着两头绵羊奔跑，而三个古铜色脸的小祖宗则骑在一匹马上行走。到处都流淌着奶，弥漫着一股刺鼻的羊奶酪味。小羊羔的叫声盖没了所有其他的话声。

草原之王很乐意向客人展示自己的财富。他亲自向羊群迈了一步，看一下挤奶的女人，又看了看用马驹来哄骗母马和母骆驼，灵巧地挤奶的男人。当他走到挤满了牲畜的圆圈中央时，他自己也走进畜群，骑到一只大绵羊身上，想要拔掉它额上的标记。

在邻村人们都知道有客人来了并要举办酒宴欢迎他。最先来到的是两个裹着白缠头的毛拉，他们盘起腿，坐到地上，目不转睛地看着主人，他正骑在大羊上，沐浴在落日嫣红的余晖中。库利吉的叔叔，法官来了，他那硕大的身躯因为肥胖而歪斜在马鞍上。跟他一起来的是他的儿子阿乌斯班，他手上拿着一只白鹰和一只雕鸮，这个长着鹰钩鼻的漂亮青年自己就像一只矛隼。库利吉的另一个叔叔骑着一匹白色的骏马来了，与他一起来的三个陪送人骑的是黑骏马。从花斑蛇山谷来的贾纳斯像亚伯拉罕，他的儿子像该隐和亚伯。与他一起来的还有长着海豹头似的大肚皮的胖子，长着老鼠尾巴似的胡子的另一个大肚皮的胖子，长着被咬断的老鼠尾巴状胡子的第三个大肚皮胖子。穿着宽大长裤的骑手身子微向鞍桥前倾，两人、三人或四人一排，骑着黑的、白的、花斑的、浅黄的、枣红的、褐色黄斑的各种毛色的骏马从草原的四面八方汇聚到这里，还有身材匀称高挑的山民和山谷里来的大肚皮居民。附近村子的老人是步行来的，他们就在库利吉帐篷旁边坐下，而远处已经在为客人们宰杀一匹马，帐篷里的篝火冒出缕缕烟雾，有人敲击着要打开马奶酒瓶的盖子。

美男子阿乌斯班把他刚才猎获的雕鸮送给库利吉。村里的美男子常用雕鸮的美丽羽毛来装饰自己的红色小帽，他们不杀死拔了毛的鸟，而是放它去草原。这只大头光皮鸟蹦跳着，这个美的牺牲品在暴风雨中疾飞，比黑色风滚草还要可怕。

库利吉非常感谢阿乌斯班送他这只鸟，吩咐把它送到小老婆的帐篷里去。太阳落下去了，天上出现了最早的星星。主人手指着大老婆的帐篷说：

"是张嘴的时候了！"

在门旁边戴着白缠头的毛拉弯腰鞠躬，接着戴着绿色皮帽和狐皮大帽的法官和其他客人也俯身行礼。最后进来的是诗人、歌手、乐手和教师。

两个毛拉所坐的位子正对朝向克尔白的门，其余的客人从他们右手起到睡着的雄鹰坐成圆圈。主人、他的妻儿在毛拉的左边就座。大家都坐好以后，本来在敲装着发酵马奶皮袋的仆人敲得更响了。在矮桌上放上了糖罐，它的四周围撒满了小面包球、小油果、白色红色的饼、珍贵的硬糖以及两大块黄油，这些东西堆得像座小山。有人把分割了的红红的马肉放进大黑锅。

帐篷上面还能看到玫红的天空，因此虔诚的教徒中谁也不敢去拿桌上的美食，不敢用嘴唇去沾一沾杯中的马奶酒，因为正在守斋，是斋月，这期间穆斯林只能在夜里吃东西。

但是，对自己的异教徒客人，主人向他们点头示意吃黄油。

没有刀叉怎么办？难道试着用小面包球来涂抹一点吃？

这样做不成：干面包球碎了。

库利吉笑了一下，把一块黄油拿到手里，露出一口白牙，说："啃吧！"

天色渐渐暗了下来。主人把一大杯马奶酒拿到膝盖上，用一只雕出来的大木匙搅合着，然后倒到客人的小杯子里。人们张开嘴，灌下了有益健康的酒，身体里面感到暖洋洋的，心里充满了幸福。

"请有学问的客人对牧民们讲讲他们见过的其他国家的新鲜事，好吗？"法官问。

"不久前我们看到，"我们回答，"有这样一个国家，那里太阳是不落的，没有黑夜。"

"那里的穆斯林怎么守斋呢？"毛拉严肃地说，"客人弄错了，没有这样的国家。"

许多人都笑话对他们讲荒唐事的客人。

主人出来支持客人，说：

"有这样的国家！"

毛拉一跃而起，许多人放下了马奶酒，从位子上跳了起来。争论开始了，一片喧闹，我们能听懂的最后一个词是"可兰经"。

等一切都平息下来后，教师告诉我们，穆斯林们争论什么。

库利吉听说过地理并相信世俗的科学，就说："世界上有太阳不落的国家。"毛拉说："没有这样的国家，因为这种地方总是光明普照，穆斯林不能守斋。"库利吉始终重复着地理的道理，直到毛拉搬出不可能错的可兰经，对此怒气冲冲的草原王喊着说："可兰经不对！"

于是大家都跳起来，长时间大声嚷嚷着，直到另一个比较睿智的毛拉调停了大家，他说的话很简单："不落太阳的国家是有的，但是那里没有穆斯林。"

这话使大家平静了，大家重又向草原王伸出酒杯要马奶酒。

又酸又醉人的马奶酒流向激动的心田。假如阿乌斯班不跳起来，不拿起猎枪跑出帐篷，那么这酒就会在沉默中久久地注入心田。

大家都听到了畜蹄声，以为是狼在追逐受惊的畜群。

但是接下来并没有开枪声。阿乌斯班带着一位新客人回来了。这是长耳朵地区的信使，他慢骑着马，在马上打瞌睡。天色变暗了，天黑了。信使突然清醒了：面前没有路，没有山，也没有村子,到处只见天上的星星,地上狼的眼睛。他就根据星星的位置骑行,这样就骑到了库利吉的村子。

"你们好,你们好!"迷路的人在篝火上烤着手,重复说。

"你好!"大家回答并问道:"有新闻吗?哈巴儿,巴尔?"

"巴尔!"迷路人回答说,"在遗失斧子山谷有人把已经许了婚的姑娘努尔——杰梅利娅抢走了。未婚夫要求归还彩礼。主人拒绝了。未婚夫就擅自把未婚妻父亲的马赶走了,现在就坐在小溪岸上,吃着抢来的马匹中的一匹马。"

"是谁抢了未婚妻?"

"不知道,"客人回答,"草原这么大!"

"草原是大,"草原王重复说并问,"还有什么新鲜事?"

"我看见了白的寒鸦,"客人回答说。

"白的?毛拉,有白的寒鸦吗?"

"有的,"毛拉回答说。

"哟!"大家感到惊奇。

长耳朵的使徒还看到,朝霞升起前黄毛黄眼睛的阿尔巴斯特奔驰而过。

"这是常有的事!"喝着马奶酒的人说。

"还看见,落日以后前面有只公山羊叼着一只肺离去。"

"这也是常有的事!"穿着长褂的人们那么说。

"还看见,夜降临时有黑兔子。"

"黑兔子!毛拉,有黑兔子吗?"

"哟——!"毛拉感到惊奇,什么话也没说,只是发出喷喷声。

"还听说,似乎人已能像鸟一样飞了。"

"哟!"

"还听说,好像人们到了地狱那个地方,那里天空中捷米尔-卡济克星是不动的,那里永远是黑暗。"

"毛拉,有这样的国家吗?"

"有的。"毛拉回答说。

"草原上还有什么新闻?"喝着马奶酒的人们问。

"还有什么?"客人重复说,"已经有两个月了,在骑手中间,在山村中互相传着一种流言,好像有个黝黑的阿拉伯人骑着马在草原上行走,一会儿变成圣人,一会儿变成魔鬼,他不会拿草原上的一草一木,一针一线。"

"他就在这里!"喝着马奶酒的人们对客人说,那客人吃惊得张大了嘴。

"不,我们认为,这里已经没有黝黑的阿拉伯人。这里篝火旁坐着的是穿着宽大长裤、戴着绿色皮帽的普通的吉尔吉斯人,现在大家都认识他,他像大家一样。有人仍然要到真正的荒漠去,要走到低垂的星星那里,那儿只有野马从一个绿洲奔到另一个绿洲。现在那个人才是真正的阿拉伯人,而不是这一个。"

草原王在大老婆的帐篷里宴请宾客整整一夜。八千头不停地咀嚼的牲畜把这个帐篷和小老婆的帐篷隔开了。太阴年第九个月四分之一的月光照耀着。明天这最后一批帐篷将从夏天牧场上拆下来。雪花将盖满草原,将不会留下丝毫踪迹。

小老婆是贵族哈吉的女儿，她坐在自己的篝火前，像少女那样把自己的指甲涂成红色，并把自己的头发编成十二条辫子，就像姑娘一样。她拿着自己的红帽子，从情人赠她的活雕鸮上拔着羽毛，仿佛是在春天，像少女似的用智慧鸟的羽毛来装饰帽子，于是辫子像十二条黑蛇似的从羽毛下挂到黝黑的脖子上。

八千头牲畜全在睡觉。甚至担任警卫的公羊谢尔格也弯着膝头。一头小羊羔站了起来，用一条腿搔痒了一会儿，又躺下了。

像姑娘一样穿戴的小老婆手里抓着一把丁当响的钱币，偷偷走近灌木丛，低语说：

"这是你吗，我的小铜罐？"

"这是我，我的薄嘴唇的小木杯，"小铜罐回答说，"这是我。你的舌头好吗？"

"舌头倒是好的，心口却痛。"

"你心口痛，就吃一个集市上买来的苹果吧。"

黑蛇样的辫子披散在黄黄的脸上。月亮是黄黄的，苹果是黄黄的，情人的脸颊是黄黄的。

"我在梦里见到你是黄黄的，黄黄的，非常黄。"

"我看见你也是黄黄的，但是你的头发比毛拉的墨水还要黑。"

"你的也是，亲爱的！"

"你的眼睛比烧焦的树墩还黑。"

"你的也是。"

"你的脸比宰杀的羊血还要红。你的胸部像新鲜的黄油。你的眼睛就像镰刀状的新月。"

"你要对月亮发誓,"她请求说,"把大拇指的指甲弄弯。"

他转向月亮。

……早晨有花斑的羊转进了客人的帐篷,舔他们的脸,把他们弄醒了。草原王已经下达了迁移的命令。

骆驼躺在帐篷前面。妇女们拆下毡子,用它们来盖住驼峰,男人们拔出歪斜的木棍,也把它们绑到驼峰上。就这样,草原王本人的、他母亲的、大老婆的和所有其他人的白色帐篷一个接一个地像做梦似的消失了。在拆除小老婆的帐篷时,从里面跳出了拔光毛的光溜溜的大头雕鸮,向草原奔跃而去。

草原王这支队伍也向那里行进。

拔光了毛的雕鸮跳跃着。黑色的风滚草滚动着。老雁带着小雁一群又一群飞往温暖的地区。骆驼一直走啊走,有趼子的大脚掌重合了游牧路上的老足迹。

走过许多骆驼队,草原的骑手相逢又分手。他们寻找有活水的水井。他们询问,神赐的国家在什么地方?

光秃秃的山岗像照镜子似的一个望一个。在这块黄土地上骆驼队消失了。骆驼筋疲力尽,停了下来,向四面八方转动着鸟一般的脖子。它们认出又认不出这个地方,它们回忆又回忆不起来。

它们可以思考的时间已经不多了:瞧,已经下雪了。

它们疲惫乏力,弯下了膝盖,躺在干枯的水井旁,把长长的脖颈伸向石头,垂下了空空的驼峰。

列维卡没有拿着水罐走出白色的帐篷给它们喝水：这里不是那块土地，这里不是迦南国。

而在真正的荒漠，那里没有人，草是灰红色的，野马从一个绿洲奔驰到另一个绿洲，带来了有关黝黑的阿拉伯人的消息。在这荒漠后面流淌着七条如甜蜜一般的河水。那里没有冬天，那里将永远生活着黝黑的阿拉伯人。

图书在版编目（CIP）数据

飞鸟不惊的地方/（俄罗斯）普里什文著；石国雄译. —北京：北京大学出版社，2017.10
ISBN 978-7-301-28060-7

Ⅰ.①飞… Ⅱ.①普… ②石… Ⅲ.①随笔—作品集—俄罗斯—现代 Ⅳ.①I512.65

中国版本图书馆CIP数据核字（2017）第024543号

书　　　名	飞鸟不惊的地方 Fei Niao Bu Jing de Difang
著作责任者	［俄罗斯］普里什文　著　石国雄　译
责任编辑	李　颖
标准书号	ISBN 978-7-301-28060-7
出版发行	北京大学出版社
地　　　址	北京市海淀区成府路205号　100871
网　　　址	http://www.pup.cn　新浪微博：@北京大学出版社
电子信箱	evalee1770@sina.com
电　　　话	邮购部62752015　发行部62750672　编辑部62754382
印　刷　者	北京中科印刷有限公司
经　销　者	新华书店
	880毫米×1230毫米　A5　8印张　210千字 2017年10月第1版　2017年10月第1次印刷
定　　　价	48.00元

未经许可，不得以任何方式复制或抄袭本书之部分或全部内容。
版权所有，侵权必究
举报电话：010-62752024　电子信箱：fd@pup.pku.edu.cn
图书如有印装质量问题，请与出版部联系，电话：010-62756370